AF493089

De séduction en séduction

et autres nouvelles

© octobre 2015 – Editions Humanis – Léopold Hnacipan

Tous droits réservés – Reproduction interdite sans autorisation
de l'éditeur et de l'auteur.

Image de couverture : peinture et photomontage de Luc Deborde.

ISBN version imprimée : 979-10-219-0110-0
ISBN versions numériques : 979-10-219-01009-4

L'auteur et les éditions Humanis s'associent pour remercier chaleureusement Claudine Jacques et les éditions *Écrire en Océanie*, premières à avoir publié des écrits de Léopold Hnacipan, qui nous ont donné l'aimable autorisation d'exploiter les textes *Pour la toute première fois, chez Gaijoli* et *Manger du rat,* déjà parus dans leurs publications.

Léopold Hnacipan

De séduction en séduction

et autres nouvelles

Sommaire

« *Hmaloikö la acili pö hune la xomi föe*[1] »

Proverbe du pays Drehu.

Esther dormait comme à son habitude dans la maison en dur, un peu à l'écart de la case des parents. Rien ne présageait ce qui allait changer le cours de sa vie lorsque sa mère l'appela depuis la cour.

— Esther, ma fille ! Il y a dans la maison des gens de Hunöj. Je ne les connais pas. Ils viennent pour te demander en mariage. Ils nous ont présenté leur geste pour avoir l'autorisation de te parler. Ces gens-là ont de la famille, ici même, à Siloam. Ils vont t'emmener dans la maison du vieux Poitrë. Là-bas, des paroles vont être

---

1   *Hmaloikö la acili pö hune la xomi föe :* Il est plus facile de monter les baraques pour le mariage que de parlementer pour trouver femme à un homme.

dites sur le mariage. Libre à toi, après, d'accepter ou bien de refuser leur parti.

— Maman ! J'ai peur.

— Mais maman aussi a peur.

— Pourquoi moi ?

— Dans la vie, ma fille, il y a des questions auxquelles on peut répondre, d'autres pas. Il y a aussi des questions qui sont déjà des réponses.

— À la tribu, j'ai un petit copain. En plus, nous avons le même âge.

— Ton père, il ne sera pas du tout content. Tu le sais. Ne dis pas de bêtise, ou je vais encore recevoir des coups. Esther, pour une fois, nous allons parler de choses sérieuses. Ton heure a sonné, c'est ton destin qui se noue ce soir. Ces messieurs arrivent de très loin, quelqu'un a dû les avertir de ta bonne conduite à la maison.

— Mais, maman, les gens de Hunöj sont des sauvages. Ils sont réputés pour être des casseurs. Ils volent et ils sont durs avec leurs femmes. Tous les gens de Drehu le disent. J'ai peur.

— Écoute, Esther, ce sont des paroles de la route. Pour le moment, ils veulent te parler. Ils arrivent avec leur *qëmek*[2]. Ils sont rentrés par la porte. Papa a déjà remercié leur geste. Nous leur avons offert notre hospitalité. Ils sont de la famille du vieux Poitrë, et il est avec eux. C'est lui qui les a introduits chez nous, n'oublie pas.

---

2   *Qëmek* : une coutume que l'on présente quand on arrive pour la première fois chez quelqu'un.

Le groupe, pendant ce temps, s'impatientait dans la case. Rodolphe regarda sa montre. Minuit. Il ne parlait pas beaucoup. Depuis deux mois, les jeunes et les vieux de son clan et de Hunöj s'activaient pour lui trouver une femme. Siloam, le bout de l'île, là où le soleil se couche, était la huitième tribu où le groupe de marieurs allait tenter sa chance. Indifférentes à la honte dont elles couvrent ceux qu'elles refusent, ces sottes prétendent toujours à mieux. Elles doivent avoir leur raison, la leur. Pauvre homme qu'on accable ou soupçonne de tous les maux, pour mieux le refuser. Trop gros ? Trop petit ? Laid ? Violent ? Sans diplôme ? Voyeur ?

« Est-il vraiment fait pour moi ? » « Et pourquoi moi ? » « N'y a-t-il pas une fille moins belle que moi pour accepter cette demande en mariage ? » « Pourquoi les profs, les instits et les footballeurs du pays ne viennent-ils pas me demander en mariage ? » Les questions s'entrechoquaient dans la tête d'Esther.

Elle n'avait jamais pensé qu'un jour des gens viendraient lui demander sa main. Ce soir-là, il ne lui restait plus que la cour qui sépare la case de la maison en dur pour se décider. Le temps était compté. Dans un instant, elle serait confrontée à son père, d'abord, avant de subir la pression du groupe d'hommes venus en masse pour soutenir leur parti.

La mère entra enfin, suivie d'Esther. Les rires et les chuchotements qui animaient la case s'estompèrent. Les jeunes quittèrent précipitamment les abords du feu pour se ranger derrière l'ombre du poteau central. Les rires étouffés qui provenaient de la pénombre trahis-

saient les mauvaises plaisanteries qui s'échangeaient
sans doute au sujet du futur marié. Les échecs avec
les filles des tribus précédentes en inspiraient beaucoup. « Rodolphe n'a pas suffisamment ramassé de
bois de chauffe pour les vieux à la tribu. » « Il ne fait
pas la coutume. » « Il compte sur la coutume pour lui
trouver une femme. » D'autres considérations puériles
venaient se rajouter aux douleurs qui accablaient déjà
le prétendant.

Esther sortait de son lit comme un oisillon de son
nid. Elle ne portait pas ses parures de jour qui travestis-
saient sa nature. Elle allait devoir affronter la première
des épreuves que la famille du garçon allait lui infliger :
les réflexions sur son apparence. Elle entra, courbée
au point de frôler le sol. L'angoisse tapisse le fond des
êtres livrés à la foule. La présence des hommes dans
la case familiale l'intimidait fortement. Elle s'assit aux
côtés de ses parents – à l'endroit même, sans doute, où
elle avait été conçue –, son regard obstinément fixé sur
la natte. Tout le monde observait la même réserve, à
l'exception de ceux que le poteau central protégeait de
sa pénombre. Dans le groupe d'hommes, chacun espérait recevoir le premier regard d'Esther, afin de se faire
une idée plus juste de la future belle-sœur.

Un silence pesant régnait dans la case éclairée par
la lueur du feu et de la lampe à pétrole. Les ombres
dansaient autour d'eux. Chacun retenait son souffle,
attendant avec impatience le début de la cérémonie,
mais, surtout, la réponse qu'Esther allait leur livrer.

— Esther, ma fille, nous sommes en présence des
hommes venant du sud de l'île, Poitrë les a introduits

  — De séduction en séduction —

chez nous, j'ai déjà remercié leur geste. Ils sont ici parce que quelque chose les amène. C'est au sujet du mariage. Ils veulent te parler pour que tu deviennes l'épouse d'un des leurs. Ils vont t'emmener ce soir même chez le vieux Poitrë pour parlementer. Tu leur donneras ta réponse et vous viendrez de nouveau à la maison pour nous en informer, moi, ton père, et ta mère.

Après cette introduction, le père d'Esther se racla la gorge puis se tourna vers celui qui avait introduit les nouveaux venus :

— Poitrë, avant de partir avec Esther, je vais d'abord te sortir le contenu de mon ventre, pour te montrer que tu as toujours un statut d'exception à la maison. Esther, c'est aussi ta fille. Devant toi et devant notre poteau central, je te dis ouvertement que la réponse d'Esther à votre demande sera aussi la mienne. Si elle vous refuse, moi, je vous refuse encore plus, mais si elle accepte, je vous accepte à l'infini. Vous l'emmènerez avec vous dès ce soir. Voilà ma vérité. Ce soir, les gens de Hunöj sont avec toi, mais il ne faut pas que tu aies honte, demain, de me regarder dans les yeux si notre fille refuse celui qu'on lui propose.

Le père d'Esther avait parlé.

Le groupe des marieurs entendait, une fois de plus, le discours qui avait déjà été prononcé huit fois, par les pères des clans qui avaient refusé leur parti. Les hommes sortirent un à un de la case, serrant leurs vêtements contre eux. Deux mois à affronter des nuits glaciales et à se soutenir les uns les autres, dans cette épreuve de course à la vie. Rodolphe était fils unique.

S'il ne se mariait pas et n'assurait pas de descendance, il mettait fin à une chaîne généalogique remontant à la nuit des temps. Son père souffrait de cette incertitude. « Il est plus facile d'ériger les baraquements pour le mariage que de trouver une femme à un homme », disait le dicton du pays Drehu que répétaient sans cesse les personnes âgées pour encourager le futur marié et la troupe entière.

La maison en tôle du vieux Poitrë n'était qu'à quelques pas. Elle était parfumée des odeurs du café et du pain-marmite que l'oncle avait préparés pour accueillir ses neveux de Hunöj. Pourtant, nul ne s'approcha de la table à manger. Le silence pesait sur le groupe, chacun ruminait le discours qu'il avait longuement élaboré pour tenter de convaincre la monstrueuse Esther. Une montagne. « Il faut la déstabiliser pour qu'elle jette son accord pour la vie », se disait l'un. « Il faut la séduire au maximum », se disait l'autre. L'arrogance de la tribu reprenait le dessus.

Panue, l'aîné de la troupe, se pencha vers l'oreille de Sinawë, le plus jeune, qui était encore au lycée :

— De qui est ce grand frère qui va rester célibataire ? lui murmura-t-il. Qui sommes-nous ? Je pense encore à nos grands-pères de la tribu quand ils ont voulu détruire la grande chefferie de Lössi dans les temps anciens… Nos vieux avaient construit des radeaux pour attaquer la grande chefferie Boula, en venant par la mer. Le vieux Qëmekë et ses hommes ont été fracassés contre les falaises de *Jua e Hnawe* avec leur embarcation. Les éléments ont conjugué leurs efforts pour mater cette rébellion. La nôtre. Le temps a effacé tous ces faits de nos mémoires, mais l'orgueil reste. Il resurgit dans des situations comme celle que nous vivons ce soir.

Entre ces deux générations, de sensibilités différentes, la légende de la tribu venait d'être transmise.

— Qëmekë, le révolutionnaire de Hunöj, tu sais ? reprit Panue. Il n'est peut-être pas mort à *Jua e Hnawe*, comme le disent ceux qui veulent justifier la puissance du très haut dieu des chrétiens. Étant le chef qui a fomenté la révolte, il a dû envoyer ses hommes. C'est de lui que vient la parole : « *Vous me mettrez à ma mort à cet endroit, pour que je dorme en regardant le royaume de Lössi, après l'échec de mon expédition.* » Il y a des ossements qui gisent dans une crevasse au-dessus de Pakaco, pas loin de Qanope Hise. Ce sont les restes du vieil homme. L'endroit domine toute notre île, tout le royaume de Lössi, selon la volonté du défunt. Les ossements gisent dans une crevasse de la paroi rocheuse, difficile d'accès. Les vieux ont dû descendre sur des lianes pour y déposer la dépouille. Il veille toujours sur nous. Si ça se trouve, il nous regarde.

Il les regardait sûrement ce soir-là, de là où il était, de Pakaco. Il mettrait sûrement la bonne pensée dans la tête d'Esther pour qu'elle accepte de porter sa descendance.

Mais il n'était plus temps de murmurer. Il fallait à présent parler haut et fort, afin de convaincre Esther. Trawel se lança le premier, avec le même entrain qu'au cours des deux mois précédents :

— Eseterë, ton père a déjà expliqué les raisons de notre venue ce soir. Je suis le grand frère de Roro, nous sommes du même clan. Nous venons parce qu'un travail nous appelle ici à Siloam. Notre vieux n'est pas ici avec nous, il nous a chargés, Panue et moi-même, d'être son porte-parole auprès de toi. Je suis marié à une fille de Jokin. Sa maman est de Hunëtë ; vous devez être famille, je suppose, puisque vos deux tribus ne sont pas très éloignées l'une de l'autre. Nous avons entendu, à Hunöj, qu'il y avait une fille à l'autre bout de l'île qu'il fallait aller voir, parce qu'elle était bonne à marier. Il y a bien des filles à Hmelek et à Mou, les deux tribus voisines, et même dans les autres tribus. Nous aurions aussi pu faire le choix de traverser la mer pour aller sur la Grande-Terre[3]. Mais nous avons choisi de venir ici. Tu vois l'heure qu'il est, minuit passé, nous sommes à cheval entre le jour et la nuit. Tu vois aussi la distance que nous avons couverte pour arriver jusqu'à toi. Il y a des gens, parmi nous, qui n'étaient pas obligés de venir. Ils sont fils de chef. Panue et moi-même sommes déjà vieux pour faire ce voyage. Mais c'est le travail de mariage qui motive les uns et les autres. Ta manière d'être et de te comporter nous a séduits comme elle séduit tout le monde. Hnepe m'a dit qu'ici, à Siloam, il y avait une fille bien. J'ai conclu que tu étais bonne à marier. C'est la raison pour laquelle, ce soir, tout Hunöj est venu à travers le froid et la nuit. C'est pour toi. Pour toi seule.

Trawel marqua une pause et se retourna vers les autres qui l'écoutaient et qui suivaient avec attention tout le discours de séduction. Hnamelen prit la relève :

---

3   *Grande-Terre* : nom donné à l'île principale de l'archipel de Nouvelle-Calédonie.

— É, É[4], ce soir nous sommes arrivés sous un oranger. Il y a beaucoup d'oranges sur l'arbre, de tous les calibres, des petites, des moyennes, des grosses. Il y en a aussi de tous les goûts. Des oranges pendent de tous les côtés des branches. Tu es celle qui se trouve tout à fait en haut de la cime. Et notre petit frère nous a désigné le fruit le plus sucré de l'oranger, le plus difficile à cueillir, l'inaccessible. Ta saveur vaut notre déplacement. Moi, je serai fier de dire plus tard, à mes enfants et petits-enfants, que j'ai veillé pour votre coutume de demande en mariage, à toi et à Roro.

Lorsque Hnamelen eut fini sa partie, il se retourna vers les autres hommes qui gardaient tous la tête baissée. Panue, le plus vieux du groupe, sentait son tour arriver. Il toussa, se racla la gorge et laissa le silence absorber la maison quelques instants avant de prendre la parole. Une heure s'affichait aux montres.

— Acaemo !

Tous les autres s'étonnèrent de l'autre prénom d'Esther.

« J'ai laissé les autres prendre la parole en premier. Ils sont tous mes petits frères. Je préfère parler à la fin. Je vais t'expliquer le mariage à ma manière. C'est la pensée qui animait nos vieux. Je vais situer cette manière de pensée à un niveau supérieur. Ce que nous faisons là est un travail qui nous vient de Dieu. Ce travail a gagné notre tradition, nous ne faisons que perpétuer cette coutume que nos vieux ont acceptée depuis plusieurs générations.

---

4   *É* : diminutif de Eseterë.

« Une question me vient à l'instant. Le mariage est-il un devoir ? Pour qui et pourquoi ? Pour la société d'abord, pour notre peuple, parce qu'il faut le régénérer, et nous en sommes les seuls tributaires. C'est nous, les humains, qui possédons les gènes humains. Un chien n'engendra jamais un humain. C'est un devoir envers la création du Très-Haut. Une société d'hommes et de femmes nous a devancés, et nous la perpétuons. Puis nous mourrons, comme nos prédécesseurs avant nous, et la vie continuera son cours. Il faut cependant assurer la descendance. Le mariage profite à l'individu et aux deux membres du couple. Tu imagines une société sans mariage, Acaemo ? C'est laisser la voie libre aux vices, ça, c'est un point de vue religieux. Mais si l'on se place du point de vue humain, ça serait une société animale, dominée par une loi bestiale. Ça serait injuste, parce que les plus forts se serviraient toujours les premiers, et les plus mauvaises parts seraient données aux plus faibles. Dans le règne animal, c'est toujours le plus fort qui gagne. Notre coutume est là pour donner aussi la chance aux plus faibles. Tout homme doit se marier avec une femme. Toute femme doit avoir son époux.

« Il ne faut pas se tromper de société ni être dupe des séries télévisées que les femmes aiment bien suivre, où les sentiments individuels et individualistes sont toujours mis en avant. Collectionner les femmes, faire des records de mariage, etc. Voilà ce qui nous attend si nous suivons cette voie. Écoute, il ne faut pas nous laisser gagner par la déraison.

« Nous sommes des enfants de ceux qui ont été mariés par la coutume, les descendants directs de ces gens-là. Alors, comment se fait-il que nous ne soyons plus capables d'assumer la vie, comme eux avant nous ? Est-ce que nous n'avons pas leurs tripes ? Les mêmes, je t'assure ; ouvre grands les yeux et regarde bien.

« Il est bien connu qu'on forge la vraie amitié dans la souffrance. Nous souffrons tous ici du travail qui nous a été confié par les vieux de notre clan. Il n'y a rien qui puisse trahir les vrais sentiments de chaque individu. La personne entière se meut librement, sans artifice. Si, maintenant, tu comprends l'importance de ce que nous sommes venus chercher ici, à Siloam, tu ne peux pas ne pas accepter notre venue. La bénédiction de nos vieux nous accompagne et reste dans la maison où nous posons nos pieds, sinon nous répandons la malédiction et la mort. »

Panue était au bord des larmes. Personne n'osait plus prendre la parole après lui. Par son âge, faisant office de grade, il avait découragé toute autre tentative. Sa lucidité et son aisance démontraient ses qualités d'homme reclus. Déçu des événements de 1984, il s'était retiré pour méditer sur la vie. Les gens de la tribu comptaient beaucoup sur lui.

Il n'y aurait pas d'autres exposés, il fallait passer à la phase cruciale, celle que tout le monde attendait fébrilement. Esther allait délivrer son arrêté. Qui lui poserait la question ? Le maître des lieux rompit le lourd silence :

— Acaemo, ma fille, il est bientôt deux heures à ma montre. Les coqs vont être témoins de ta décision. À la tribu, il y a déjà eu des filles de ton âge qui n'ont pas voulu accepter les vrais partis, comme celui qui t'est offert aujourd'hui. Tu les connais, elles sont devenues vieilles filles : comme des rochers au milieu de la tribu. Elles sont le sel qui donne du goût aux soirées de beuverie. Maja a sept gosses. Qui fera des kilomètres, comme ces messieurs, pour la demander en mariage ? La chance ne passe qu'une seule fois, après, c'est fini pour la vie. Il faut savoir prendre la bonne décision, au moment où il faut. Ce soir, c'est toi qu'ils sont venus voir. Je ne veux pas que demain, après avoir changé de décision, tu viennes à la maison pour demander leur coutume, alors qu'ils ont déjà trouvé une autre fille.

Il ne restait plus de brèche par laquelle Esther aurait pu s'engouffrer. Elle n'avait qu'une réponse à donner. Celle que tout le monde attendait. Il y eut un long silence. Une éternité. Pour la dernière fois, le vieux Poitrë risqua la même question.

— Alors *openemel*[5] de mon clan, est-ce que tu acceptes leur venue à la maison ?

Esther, qui ne savait pas comment répondre, toussa. Panue interpréta ce signe comme une réponse positive. Les autres crurent l'inverse. Chaque fait et geste d'Esther était épié. Le vieil oncle prit conscience de la confusion qui régnait dans les yeux de ses neveux et ne sut plus que penser. Dans la pièce, le silence devenait si oppressant qu'on entendait les cœurs battre. Le poids des nuits blanches, des interminables déplacements en voiture et des tractations infructueuses se faisait sentir. Le poids du doute. Ils retenaient leur respiration.

---

5   *Openemel* : trou par où sort la vie (sexe de la femme).

Il fallait arracher un « oui » de la bouche d'Esther. Simplement oui, oui, oui, à l'infini. Il leur fallait saisir le « oui » dans chaque parole qu'Esther allait prononcer. Même sa respiration était étudiée.

Mais la jeune demoiselle ne disait rien. Elle n'avait rien à dire. Tout avait été organisé pour l'amener dans une situation sans alternative. Elle leva la tête, esquissa un sourire, murée dans son silence. Quel sens donner à son attitude ? On ne découvre la mort qu'une seule fois. Esther découvrait cette nuit la coutume de mariage. Elle n'avait jamais été mise dans une situation où elle devait donner une réponse personnelle. Ses parents avaient toujours décidé de tout à sa place. Normal, Esther n'avait que quatorze ans. Avait-elle saisi tout le sens des discours qui lui avaient été adressés depuis des heures ?

Au sortir de la maison, la troupe se fit plus bruyante. Esther avait « accepté » leur coutume. Panue ne parlait plus, il pleurait. On s'embrassait en même temps qu'on embrassait la future femelle qui allait perpétuer la race de la horde de méchants du plateau. On se congratulait, on pleurait. On oubliait les nuits blanches de tractations et les affronts précédents. Rodolphe ne parvenait pas à réaliser ce qui lui arrivait. Il s'était levé pour embrasser Esther, sur ordre de Panue, avant de se replonger dans son mutisme. Il allait devenir enfin un être entier. Son statut allait changer. Il était passé de la catégorie des jeunes à celle des gens respectables : les vrais hommes. Ses prises de position pendant les cérémonies coutumières allaient désormais avoir un poids. Son nouveau statut faisait de lui un maillon de la parole kanak dont les racines explorent les temps immémoriaux.

Quatre heures du matin. La tribu de Hunöj se réveilla au son des Klaxon, des chants et des cris des marieurs. Quelques personnes sortirent des cases pour s'enquérir des nouvelles. « Esther de Siloam, du clan des portiers de la chefferie du Wetr. Quatorze ans seulement ! » Chez Rodolphe, le père n'avait pas fermé l'œil depuis que le groupe était parti. Il veillait. De temps à autre, il réveillait son épouse pour prier. Il fallait accompagner Rodolphe et le groupe par la pensée.

— Mariella, réveille-toi. Écoute ! Le groupe est de retour !

La maman de Rodolphe sortit de la case pour réchauffer le thé.

— Prépare les pièces et les tissus, et fais de la place pour les autres.

Walei se leva pour pousser les bûches dans le foyer afin de raviver le feu. Le vieux Sipoisi se réveilla à son tour. Il était venu là pour veiller avec les parents de Rodolphe, pour les supporter, quelle que soit la teneur du verdict.

— Sipoisi, voici notre geste pour recevoir nos enfants. Ils sont de retour. Je te le remets, tu porteras notre parole ; je te remercie d'être à nos côtés.

Le vieux, qui s'était levé de sa couche, avait déjà saisi son sac à tabac en pandanus. Assis en tailleur devant le feu, il sortit une bouteille de whisky qu'il tendit à Walei.

— Voilà le fond de ma valise, pour compléter le geste de la maison.

Deux bouteilles de whisky, trente mille francs, trois robes mission et un tissu. C'était la coutume qui mettrait fin aux veillées des derniers mois. Les Klaxon avaient déjà empli la case d'une fièvre que chacun essayait de contenir.

Les bruits des portières et les jurons parvenaient désormais à la case. La tension monta d'un cran. « Qui est cette fille qui a bien pu accepter de devenir belle-fille de la maison ? La seule… » Les pas crissaient maintenant sur les feuilles sèches de cocotier posées à même le sol et qui conduisaient jusqu'à la case.

Hnamelene entra le premier et, au moment de se relever devant les deux vieux assis de part et d'autre de la porte, il cria : « Vrai homme ! » Et il partit s'asseoir à côté du feu, du même côté que le vieux Sipoisi. Les autres membres de la troupe firent leur entrée et filèrent droit derrière l'ombre du poteau central. Les deux vieux et la maman de Rodolphe ne réagirent pas au faire-part de Hnamelene. Dès que le silence fut revenu et qu'on put distinguer les chuchotis de ceux qui étaient restés dehors, dans les voitures, Hnamelene se mit à genoux devant l'assemblée et demanda la parole :

— Je m'abaisse devant le poteau central de Rodolphe, devant vous, les vieux, et devant l'assemblée. Vous avez entendu les Klaxon… Nous savons qu'ils ne vous ont pas réveillés, parce que vous n'avez pas dormi. Vous nous attendiez. Nous sommes allés à Siloam dans le clan des portiers de la chefferie du Wetr. Oncle Poitrë nous a introduits chez les parents de la fille. Elle s'appelle Esther, pour les Blancs, Acaemo, en Drehu. Elle n'a que quatorze ans. L'année dernière, elle était encore à l'école. Ses parents l'ont arrêtée pour s'occuper de sa grand-mère. Elle a accepté notre parti. Le pays vibre à travers nous. Demain, Hunöj se réveillera avec la nouvelle. Il y a déjà des personnes qui nous ont arrêtés pour nous demander le nom de la fille. Voici le geste qui accompagne les paroles que j'ai dites. *Oleti.*

Et il tendit au vieux Sipoisi les deux mille francs qui servaient d'introduction à la parole. Ce dernier parla à son tour :

— Walei, vois le geste, ici présent ! Tu as entendu les paroles qui nous informent du résultat de notre travail. Le travail à nous, le clan, mais aussi de la tribu. Il y a des personnes, dans d'autres foyers, qui nous ont portés dans la pensée.

Walei ne disait rien, il se contentait d'incliner la tête pour faire comprendre au vieux Sipoisi qu'il devait continuer sur la lancée. Par ce geste, il l'approuvait. Le vieux Sipoisi était sujet du clan dont Walei était le chef. Ce dernier savait parfaitement que c'était à lui et à lui seul d'user de la parole comme il l'entendait dans cette maison.

— Maman à Rodolphe, vois le geste ; et les autres, vous qui êtes arrivés avec Hnamelene.

Tout le monde remercia l'attention du vieil homme par un « *Asehë*[6] » général.

---

6 *Asehë* : « fini », au sens littéral, en langue drehu. Ici utilisé pour signifier l'accord du groupe à la parole, pour signifier que le groupe accepte le geste dans sa pensée.

« Je suis ici pour être le bouquet de pensées de la maison, poursuivit Sipoisi. Le travail de Rodolphe est déjà terminé, ce soir même, alors que vous arrivez tout juste pour nous annoncer le nom de la future mariée. Il y a un dicton lifou qui dit qu'il est plus facile de monter les baraques que de demander une fille en mariage. Vous avez accompli ce soir le plus gros du travail. Au nom du clan, au nom des deux vieux ici présents et au nom du fils de la maison, je vous remercie. Vous ne comprenez peut-être pas ce que j'ai enduré au fond de mon être. Et je ne parlerai pas de ce qui s'est noué dans le cœur des parents, lorsque vous êtes partis pour tenter notre chance, çà et là. Un travail honteux. Se faire voir par tout le monde, se faire déshonorer. Perdre sa dignité. Ramper sous le poids du regard des gens, parce qu'une fille vous a refusés la veille. La parole construit, mais elle peut également démolir. Vous ne vous êtes jamais avoués vaincus, au contraire, vous avez relevé le défi. Un défi personnel. Je suis fier de vous, parce que vous avez fait du travail de Rodolphe votre affaire personnelle. Je me reconnais en vous. L'éducation que la génération précédente vous a donnée n'est pas tombée en désuétude. Le temps n'a pas prise sur nous. Voilà ce qu'il faut dire aux jeunes d'aujourd'hui, mais aussi à la génération future.

« Hunöj signifie littéralement "dominer le monde". Dominer les autres, c'est d'abord se dominer soi-même. Casser l'orgueil qui sommeille en nous. Et vous l'avez fait. Pensez-vous que le refus de la première fille aurait suffi à déstabiliser un homme de notre tribu ? J'en ris ! Quant à toi, Rodolphe, fils du clan, n'oublie pas la fatigue que ton travail a engendrée chez ces gens. Il est vrai, nous sommes tous de Hunöj, mais nous n'entrons pas tous par le même portail. Comprends le sens de la vie. Ici, à la tribu, nous vivons tous nos différences. Si demain, tu entends qu'un jeune de la tribu se marie, ne dors plus, mon fils. Ne sois pas sourd à l'appel du devoir, à l'appel de la vie. Va au-devant des situations. Je parle longtemps, oui, mais c'est pour dire ce que j'ai envie de vous dire. C'est aussi ce que je dois vous dire, parce qu'il ne faut pas être avare de partager la vie. Merci, Hnamelene, du geste que tu as donné pour ouvrir le chemin à la parole que je viens de prononcer, je remercie également les parents de Rodolphe de m'avoir permis de vous prodiguer ces quelques pensées. Maintenant, je vais vous remettre ce geste de la maison. Le contre-don que voici répond au courage de chacun ici. Vous avez commencé le travail, il y a deux mois. Certains jeunes ont abandonné la partie, pour des raisons qui leur sont propres. Je les comprends. D'autres jeunes se sont joints à vous. Un noyau s'est créé autour de vous, Hnamelene, Panue et Trawel. Vous avez su conduire la troupe. C'est ce que notre génération attend de vous. Merci beaucoup, et que l'esprit de notre maison et de notre tertre vous accompagne toujours dans les bonnes actions que vous aurez décidé d'accomplir durant toute votre vie. *Oleti. Asehë.* »

Tout le temps que le vieux Sipoisi avait parlé, Mariella, la mère de Rodolphe, la seule femme parmi les hommes, n'arrêtait pas de pleurer. Elle était touchée par l'engagement de ces gens pour servir la cause de la maison. Elle emplissait la case des sanglots qu'elle ne pouvait contenir.

Dans la pénombre, parmi les ombres qui dansaient sur le pourtour de la case, des yeux fixaient la coutume de retour. Les billets de banque y étaient pour quelque chose, mais les deux bouteilles comptaient davantage. Les jeunes gens, qui s'impatientaient par moment, toussaient puis raclaient le fond de leur gorge. Ils manifestaient leur défiance à la parole. Ils comprendraient bien le prix de leur impatience, et le sens des discours, une fois qu'ils auraient avancé en âge. Les brûlures de la vie auraient de toute façon raison de leur arrogance. En fin de compte, Sipoisi n'avait parlé que pour ceux que les parents avaient habitués à ce genre d'exercice : écouter.

Depuis le départ des gens de Hunöj, Esther n'était pas retournée dans la maison en dur. Elle était restée allongée à côté du feu, au milieu de ses parents, comme quand elle était bébé. Elle se sentait unie à eux plus fortement que jamais. Dans ce lieu où le reste de son cordon ombilical avait séché sur la panne circulaire de la case et où il était enterré, chacun de ses gestes était désormais compté. C'est là que son enfance avait coulé. La mémoire de ce passé lui revint en bloc, jusque dans les détails qu'elle avait enfouis au plus profond d'elle-même. Elle se souvenait des coups de trique que la maman lui avait administrés, deux années auparavant, après avoir découvert un courrier qu'un flirt envoyait d'Ouvéa. Esther avait pleuré jusqu'à en devenir malade. Elle avait alors projeté de quitter la maison pour de bon, pour aller vivre chez ses oncles maternels de Luecila.

Elle soupesa ce passé. Il n'y avait pas de malentendus entre elle et ses parents. Rien ne devait troubler la perspective de son départ. Tout en elle n'attendait plus qu'une chose : que le mariage baisse le voile sur sa jeunesse et mette un terme à ses années d'innocence.

Il faut être bien avec soi-même pour avoir l'esprit libre et partir.

*L*a famille possède plusieurs terrains sur lesquels elle cultive des ignames, des patates, des taros et autres légumes pour accommoder les mets du quotidien. Hnadro est aussi la tribu du plateau réputée pour l'agriculture. Les gens ont une drôle de façon d'aller au champ. Cela prend des allures de pique-nique. Quand la famille décide de lever le camp, c'est pour plusieurs jours. On emmène tout ce dont on a besoin. Et chacun a toujours ses petites priorités. Les grandes personnes pensent nécessairement aux besoins des jeunes.

Nous, je veux dire les plus jeunes, avons nos propres soucis. Nous pensons déjà aux cimes des grands arbres sur lesquels nous allons grimper. Mais le projet qui revient sans cesse est celui de tenir dans nos mains les petites bêtes que nous allons prendre dans nos pièges. Des stratégies de capture s'élaborent alors, à chaque départ, au fond de nos petites têtes. Chacun garde jalousement sa méthode. Chacun s'exclame individuellement, chaque matin, lorsqu'il découvre des rats à côté du feu. La quantité de prises évalue le chasseur sur la connaissance qu'il a du terrain. Il faut vraiment connaître ces bestioles pour les piéger sur les lieux des galeries qu'elles fréquentent : autoroutes dans les touffes des hautes herbes, tunnels très nettement marqués. Des crottes par-ci, des traces de pattes par-là, des restes de patates rongées plus loin, les connaisseurs arrivent même à dater le moment du passage des bêtes.

Mon oncle, je me souviens, était le plus fort. Il ne rentrait jamais bredouille. J'aimais le voir partir avec son couteau dans la main gauche. Il avait toujours une chanson sur les lèvres. Il claquait des doigts en partant. Ses pièges n'étaient pas les plus beaux. Il ne choisissait pas les bois droits, comme nous. Il coupait ce qu'il trouvait sur le lieu où il allait poser son piège. Cela évitait le transport du matériau. Les rats, sûrement, choisissent leur lieu de mise à mort. En tout cas, c'est toujours les mauvais pièges qui leur serrent le cou. Normal, la mort ne doit pas être belle à voir ! Elle doit être de mèche avec les pièges de mon oncle.

Un jour, je risquai une question parce que je ne trouvais pas normal qu'il ne revienne jamais bredouille.

— Oncle Wacapo, comment tu fais pour attraper des rats tout le temps avec tes pièges ?

— Les rats, il faut les connaître. Tu vois, comme ici : le pandanus est un endroit qu'ils affectionnent. Ils construisent leur nid là-haut, à l'intérieur des feuilles. Si tu poses ton piège au pied de ce pandanus, tu peux être sûr d'en attraper un.

— Vraiment ? Moi, avec Icica, nous avons posé deux pièges au pied d'un pandanus qui ressemblait à celui-là. Nous n'avons rien attrapé.

— C'est donc à vous, les pièges qui sont au milieu du champ de maïs de la vieille Xadrengë ! C'est pas terrible. Vous avez choisi du mauvais bois pour le *qagon*[7]. Il fallait prendre du *hnë*[8], il est plus flexible et ne laisse pas le temps à la bête de se retirer du trou par où elle est entrée.

— Oui, mais là-bas, dans les maniocs, c'était bien du *hnë* que j'ai choisi comme *qagon*. Thuluë m'a dit la même chose que toi. Mais je ne réussis toujours pas à en attraper. Pas même une souris. J'ai déjà tué un gros rat, mais c'était avec mon lance-pierre.

— Le nœud en foliole de cocotier doit bien coulisser pour serrer le cou de la bête ; ton amorce, ensuite, ne doit pas être très éloignée du trou. Il faut viser le cou, autrement le rat est pris au niveau du ventre. Il peut se retourner et se libérer ensuite en rongeant la corde du piège.

— Et si je ne prends toujours rien…

— Oh…, alors, tu n'as pas de chance ! Des fois, vous avalez le jus de coco brûlé avec lequel vous crachotez pour attirer les rats et des fois vous mangez tout le coco. Ça compte. Le piège sent que vous ne l'avez pas respecté. Il laisse alors le rat filer. Si vous êtes passés

---

7   *Qagon* : une pièce du piège à rats qui se détend pour serrer le cou de la bête en tirant sur un nœud coulant.

8   *Hnë* : un bois (en langue drehu) dont on se sert comme *qagon*.

par-dessus le *qagon*, c'est la même chose. C'est comme la canne à pêche, il ne faut pas l'enjamber. C'est comme si vous le piétiniez. Vous lui manquez de respect. La dernière recommandation que j'ai envie de formuler, à toi et à tous les autres, c'est, quand vous attrapez du gibier, ne pensez pas tout de suite à le cuisiner pour vous-même. Rejetez l'idée. Donnez vos prises aux vieux de la tribu, ils vous donneront une bénédiction en retour. Alors, vos mains seront toujours vertes pour le travail de la terre et la chance ne vous quittera jamais dans vos parties de chasse.

Bénédiction et malédiction rimaient toujours avec humiliation. Ainsi, nous piégeaient-elles sans arrêt dans notre univers de ces années-là, fortement lié à la religion de nos parents. Et la bénédiction était l'apanage d'oncle Wacapo. Il la possédait en grande quantité, à voir le travail qu'il donnait à grand-mère Waejue *qatr* qui nous appelait souvent pour l'aider à préparer ses petits bougnas de rats. Thuluë et les autres cousins de mon âge venaient nous aider. Moi, je ne me faisais jamais appeler, parce que j'étais toujours au côté de grand-mère. Comme une poésie que l'on aime réciter à l'infini, on finit par la porter en dedans, et à se laisser porter par elle. On finit par la réciter à voix haute, en dormant. Je n'avais pas de difficulté à reproduire les gestes de grand-mère. À la course « qui arrivera le premier à nettoyer son rat ? », je gagnais toujours. Mes gestes étaient devenus des automatismes.

Quand le nombre de prises ne dépassait pas la quinzaine, grand-mère préparait son petit bougna de rats dans la case en feuilles de pandanus, l'endroit où toute la famille dormait. Alors, la maisonnée se réveillait à cause du remue-ménage de Waejue *qatr*, mais surtout à cause de l'odeur de brûlé. Je savais que tout le monde n'aimait pas ce fumet, ma tante Waloli surtout ! Réglée à la même horloge interne que l'aïeule, elle sortait alors pour préparer le petit déjeuner. Elle devait marcher une trotte pour puiser de l'eau dans une barrique non loin de la route principale. Ça prenait une bonne demi-heure.

Tante Waloli revenait toujours vers la case avec le jour. Elle accomplissait là son devoir de mère nourricière, en jouant toutefois la dame affligée, tant elle avait l'air renfrogné ! Parfois, je l'accompagnais. La barrique recueillait l'eau qui dégoulinait le long du tronc d'un pandanus en temps de pluie. Oncle Wacapo avait attaché une tige de fougère sur le tronc, il l'avait ensuite orientée vers l'ouverture de la barrique. L'eau qui arrivait par les feuillages se déversait directement dans la cuve en suivant la feuille de fougère comme un verseur. Dedans, on pouvait voir les larves de moustique. Mais nous, nous buvions cette eau-là, avec les larves, et souvent sans même la faire bouillir. Les vieux disaient que cela nous rendrait hommes. Des hommes forts, comme eux. Grand père Thiononë expliquait que la barrique ne contenait pas seulement de l'eau et des moustiques, il y avait aussi la sève des feuilles pourries. C'était comme si l'on buvait des médicaments. Des décoctions.

Ma tante Waloli ne croyait pas à tout cela. Elle soutenait aussi l'idée que grand-mère était une sorcière et qu'elle avait des pouvoirs maléfiques. Elle me le répétait chaque fois que je me retrouvais seul avec elle.

— Tu vois, ta grand-mère, elle donne le sang des petites créatures à son boucan[9]. Tu ne le sais pas, ça ? Cela s'appelle faire la misère aux bêtes. Dieu, là où il est, béni soit-il, n'est pas content. Arrête de donner la main à ta grand-mère, comme ça, elle sera la seule à être brûlée vive dans les cieux. Sinon, vous serez deux !

— Tantine, c'est vrai que grand-mère est une sorcière ?

Cette question a hanté mon enfance. Et à vrai dire, il m'arrive encore de me la poser aujourd'hui…

Sur les flammes, grand-mère maintenait le rat suspendu par la queue, pour commencer à brûler les poils de la tête. Après la tête, elle jetait la bête entière dans le feu, le postérieur vers le cœur du foyer. Elle surveillait. Les flammes brûlaient fort dans ses yeux. À l'aide d'une pincette en bois, elle prenait soin de tourner et de retourner la bête pour éviter de carboniser certaines parties de la chair. Une fois tous les poils brûlés, la bête toute noire était retirée du feu. À l'aide d'une écorce sèche, retirée des bûches, elle grattait tout le corps du rat. Il ne restait alors plus que la peau brunie, dorée. Une peau dure. Grand-mère prenait alors le gibier dans la main pour le vider. Avec beaucoup d'adresse, elle arrachait une incisive de la mâchoire inférieure. Ensuite, elle plantait adroitement la dent au milieu de l'abdomen qu'elle incisait ensuite d'un seul mouvement jusqu'au niveau de l'anus. Le ventre s'ouvrait alors et tous les viscères sortaient. Grand-mère les retirait sans forcer et les rangeait dans la cendre. Ils seraient brûlés

---

9   *Boucan* : maléfice, sortilège.

plus tard, avec les pelures et les mauvaises herbes. Elle ne les jetait jamais dans la nature, pour ne pas manquer de respect à la nourriture.

Dénuder la queue relevait d'une autre astuce : à l'aide du pouce et de l'index, Waejue *qatr* pressait la queue au niveau de l'anus et, d'un geste brusque, faisait glisser la peau jusqu'à son extrémité. Facile, quand le gibier était à la bonne température. C'était la tâche que j'aimais faire ! Mais quand la peau collait trop l'os, je coupais la queue. C'était souvent le point de départ de nos disputes. Il mettait grand-mère très en colère et je n'hésitais pas, alors, à répéter les paroles de tante Waloli. Pour grand-mère, je ne respectais pas la nourriture. « Dieu nous enverra la disette », marmonnait-elle.

Les rats vidés étaient rangés sur une feuille de figuier, puis posés sur la cendre, attendant que grand-mère finisse de ramollir deux feuilles de bananier sur le feu. Quand c'était fini, elle les disposait en forme de croix. Au fond elle déposait quelques feuilles de choux gluants et des champignons de saison. Ensuite, délicatement, elle déposait les rats sur ce tapis, dans un ordre bien précis, la queue repliée vers le ventre. Elle les recouvrait d'un supplément de choux gluants et de champignons, sans épices ni assaisonnement, puis elle refermait en repliant l'extrémité des feuilles, ficelant l'enveloppe à l'aide des nervures principales des feuilles de bananier délicatement détachées pendant leur ramollissement. Elle creusait alors un trou au milieu du foyer chaud pour plonger son petit bougna. Il n'y avait plus qu'à attendre.

Dehors, sous la tonnelle de pommes-lianes, tante Waloli finissait de faire bouillir son eau. Elle nous appelait pour boire le thé chaud et pour manger les restes du dîner de la veille qu'elle avait réchauffés. Beaucoup de féculents et de légumes, ignames, patates douces et choux gluants. Nos mets étaient souvent accommodés de roussettes, colliers blancs ou cochons sauvages. Mais le mets le plus attendu de tous restait le bougna de rats de grand-mère Waejue *qatr*.

Vers neuf heures, quand Gaboroc arrivait pour rejoindre les autres chiens de la meute, on savait que grand-mère n'était pas loin. Elle n'allait pas tarder à sortir par le petit sentier avec le bougna de rats dans les mains.

Gaboroc, c'était sa petite chienne. Elle ne la quittait presque jamais. Le jour de la mort de grand-mère, Gaboroc s'est laissée mourir. Pour nous, ce fut comme si grand-mère mourrait une deuxième fois. On l'a pleurée comme on avait pleuré grand-mère. Tante Waloli, bien sûr, fut le seul membre de notre petite communauté à ne pas verser de larmes. Elle n'avait peut-être pas de cœur !

Quand on entendait les chiens aboyer, grogner et menacer, on courbait davantage le dos dans le champ, en accélérant inutilement notre rythme de travail, ou bien on se mettait précipitamment à la tâche ! De mon côté, je croupissais sous les hautes herbes, je rampais même. Des fois, je tirais sur les tiges d'ignames. Il fallait que mon oncle me voie. Il fallait qu'il me prie de m'arrêter. Je savais que Thuluë et Icica en faisaient autant.

Au fond, nos parents riaient de notre stupidité. C'était juste un moyen de nous avoir à l'œil et de nous retenir pour nous éviter d'aller jouer aux loups sur les arbres. Ils savaient pertinemment qu'on travaillait très mal et repassaient après nous, pour bien sarcler, une fois que nous avions repris le chemin de l'école.

— Les garçons, vous pouvez vous arrêter. Allez aider grand-mère.

C'était la voix de mon oncle. On se levait précipitamment, alors, en se déployant tel un *qagon* qui se détend pour serrer le cou du rat. On cherchait le regard des autres en se contenant bien de ne pas pouffer devant les oncles. On rirait bien entre nous. Après. Longtemps après.

Mes oncles étaient sévères, ils n'acceptaient pas qu'on s'amuse dans le champ. Grand-mère arrivait toujours pour desserrer l'étau. Pendant que l'on courait vers la maison en feuilles de pandanus pour récupérer la bouillotte de tisane et les ignames brûlées, le reste de la famille convergeait vers le figuier où se trouvait grand-mère. À notre arrivée sous le figuier, on pouvait constater que le partage avait été fait.

Grand-mère, assise près du bougna de rats grand ouvert, nous orientait vers nos parts en les montrant du doigt. Elle les avait posées soigneusement sur des feuilles de fougères et de figuier qui faisaient office d'assiette : un morceau de rat ou plus d'un rat entier, cela dépendait des prises de la veille, accompagné des choux gluants et des champignons. Loulou, lui, n'aimait pas les champignons. Cela occasionnait souvent des disputes au sein de notre groupe, pour avoir sa part. Une des tantes se chargeait de la distribution des ignames brûlées et des bols.

Thuluë et moi servions à tout le monde de la tisane de citronnelle bien chaude. Après, nous récupérions nos morceaux de rat et nous nous éloignions dans le sous-bois. Nous n'hésitions pas à pénétrer profondément dans le bois pour nous mettre à l'écart des adultes. Nous ne nous mélangions jamais. Parfois, nous percevions la voix de grand-mère qui grondait un oncle de nous avoir trop fait travailler. Instantanément, des ricanements y répondaient.

Nous, nous ne parlions pas. D'ailleurs, nous ne parlions jamais devant les adultes. Nous mangions seulement en nous efforçant de garder le silence, même si nous voulions rire de nos « tortionnaires » qui avaient essuyé les brimades de grand-mère à notre sujet. Nous ne savions pas, à cette époque, que tous étaient de mèche !

On était contents que grand-mère nous défende. C'était une habitude de la maison. Waejue *qatr* était le trait d'union entre nous et le monde des adultes. Elle venait nous libérer de ces travaux des champs. Le travail ne reprenait que vers l'après-midi, mais avant le repas, le groupe d'enfants que nous étions pouvait aller jouer dans le bois. Certains grimpaient alors jusqu'à la cime des arbres. D'autres allaient à la chasse aux rats. Ou bien on allait repérer les banians portant des fruits, afin d'attendre les roussettes vers le soir. Nous étions débordants d'activité.

Mais la pause de neuf heures était vécue par tous comme un rituel. On aurait même cru que grand-mère présidait la messe. Elle seule avait droit à la parole. Nous nous taisions, la bouche pleine, occupés à déguster notre morceau de rat.

Avec le recul, je me souviens des drôles de sensations de cette époque-là : au moment où j'avalais mon morceau de rat, j'étais comme saisi d'un sentiment angoissant de culpabilité profonde. Cette culpabilité m'étouffait, m'empêchait instinctivement de regarder le cousin qui ingurgitait sa part. Lui aussi me fuyait du regard. Ce malaise tendait à gagner les autres membres de la famille. On éprouvait la même retenue que lorsqu'on mangeait la roussette ! Une sorte de honte nous envahissait alors. La peur d'être surpris par les ayants droit : les *lapa qatr*[10] et les vieux.

Le rat et la roussette sont des plats nobles. Oser en manger, c'est comme manger l'igname avant l'offrande aux chefs des clans, et avant la bénédiction du père chez les catholiques de l'île. On triche. On appelle cela « voler » l'igname. Même si le tubercule provient de son propre champ, on se cache pour le consommer. C'était comme notre neuf-heures dans les champs, où chacun en avait tout son soûl.

Quand je suis revenu chez mes parents, bien plus tard, à Hunöj et à Havila où j'ai coulé mes années de collège, mes camarades me montraient du doigt. Ils

---

10 *Lapa qatr* : clan des anciens. Dans ce contexte, « ancien » n'a pas le sens lié à l'âge. Le *clan des anciens* est une lignée, un clan à part entière.

disaient, pour m'abaisser, que j'étais un mangeur de rat. C'était comme si j'avais commis le plus abominable des crimes. Une faute ! Un scandale ! Et si je me sentais déshonoré, humilié, j'avais surtout honte pour la tribu de ma mère. Je souffrais à en mourir.

Au fond, je sais bien qu'ils me considéraient comme le membre d'un clan d'arriérés. Les hommes préhistoriques devaient sûrement se nourrir comme nous. À l'âge où l'enfant apprend à consolider ses repères dans son rapport au monde extérieur, j'avais eu droit à cette moquerie contre laquelle je dus livrer bataille.

Un jour, mais il y a de cela quelques années, je me suis trouvé seul dans notre salle des profs avec une collègue enseignante en physique chimie. Elle avait ouvert la boîte de lait en poudre qu'elle venait de sortir du petit réfrigérateur. Elle voulait se préparer une boisson chaude pour se revigorer.

— J'ai froid, me dit-elle.

— Arrête, Marylène, ce lait n'est plus bon. Il pue. Il est resté longtemps dans le frigo. Depuis plus d'une année, tu sais. Tu ne le sens pas ?

— Ha ! Ha ! Ha ! Monsieur le prof de français, si vous connaissiez les produits chimiques rajoutés à l'alimentation et consommés tous les jours de la vie… vous ne feriez pas cas de cette boîte de lait !

Je restais coi. Moi, le mangeur de rat !

*A*vant de rentrer dans une courbe, au sommet d'une côte, Boaé fut alerté par les appels de phare d'une voiture qui arrivait en face. Elle ne roulait pas vite. Une masse noire la précédait.

Boaé roulait sur la route du Grand Nord, depuis Balade, sur la côte Est. Le soleil était déjà tombé derrière l'horizon, mais ses derniers rayons peignaient encore le ciel d'ocre rouge. À droite, comme un hublot, se détachait la masse imposante et sombre de l'îlot Balabio. La journée avait été belle et très chaude. Les oiseaux du bord des routes s'envolaient vers le lointain à la recherche d'un lieu pour dormir. Les cigales, dans un rythme effréné, lançaient leurs derniers cliquetis avant de céder la place aux grillons. Le drap sombre de la nuit couvrait peu à peu les terres desséchées du Nord. Le bétail sortait des enclos et les bêtes sauvages de leur cachette, pour brouter l'herbe encore verte le long de la route principale. Dans la lumière déclinante, ces bêtes représentaient sans conteste un danger pour les automobilistes. Des instants fragiles entre chien et

loup, des moments de trouble entre le jour et la nuit...
et parfois, entre la vie et la mort. Les êtres s'étreignent,
s'étranglent, ou se font la paire, le temps de franchir
insensiblement le goulot d'étranglement qui mène vers
l'autre côté, vers l'inconnu.

Dans son demi-sommeil, Hiké questionna rêveu-
sement Boaé au sujet de la masse noire qui traversait
la chaussée devant eux pour aller de l'autre côté, vers
le talus. Boaé ne répondit pas. Il était concentré sur
sa conduite. La voiture d'en face multipliait ses appels
code/phare, comme pour les prévenir avec insistance
d'un danger. Elle parvint à leur hauteur et les croisa.

Boaé vit quelque chose qui ressemblait à une
perche rectiligne, plantée droit vers le ciel, sortant de
l'avant du pick-up. Ça ressemblait au canon d'un fusil.
C'était un fusil. Il comprit que le conducteur avait tiré
sur l'animal qui titubait devant lui. Une grosse biche.
La grosse biche. Elle vivait en ce lieu de la montagne,
au milieu de son troupeau. Les automobilistes la croi-
saient souvent à cet endroit du col. Elle emmenait les
autres biches et les faons pour s'abreuver à la rivière
qui serpentait entre les vals en contrebas. Elle traversait toujours la chaussée la première, devant le reste du
troupeau, sans doute consciente des dangers que représentait la civilisation des hommes. Le conducteur du
pick-up avait certainement repéré son heure de passage.
C'était tragique. La race de cette créature majestueuse
allait encore s'agenouiller devant l'Homme afin de lui
offrir son poitrail en trophée.

La belle bête se trouvait désormais à quelques
mètres derrière la voiture de Boaé. Il l'avait croisée

pour la dernière fois. Il savait, il comprenait, mais il avait du mal à accepter. Il était profondément troublé et sa conduite commença à s'en ressentir. Il imaginait le grand cervidé courant devant la voiture qui allait l'abattre. Son corps s'était sûrement déjà vidé d'une partie de son sang, mais le peu qui lui restait l'animait encore. Et, ce reste de vie, comme ce reste de jour, le poussait à parcourir hasardeusement ce chemin de bitume, à gratter l'asphalte de ses sabots. La route des hommes. Ces briseurs de rêves.

La grande biche, la mère de tout le troupeau, avait été écartée de sa trajectoire. Elle allait encore courir pendant quelque temps jusqu'à ce que son corps se soit entièrement vidé de son sang. Les dernières secondes de son horloge interne, jusqu'à… la chute. Pour finir, elle s'allongerait sur le bord de cette route du Nord et recevrait le coup de grâce, comme bien d'autres bêtes avant elle. Quelques instants au cours desquels la force d'aimer et d'espérer serait plus tangible que jamais.

Avant d'amorcer la descente, Boaé alluma la lampe de la cabine intérieure de leur minibus et jeta un coup d'œil sur la place du mort. Hiké était bien allongée. Elle somnolait dans le siège qu'elle avait abaissé. Leurs deux filles, dans l'habitacle, dormaient, sanglées sur leur banquette. Tout le monde était bercé par la musique douce que diffusait la radio. Ils poursuivaient allégrement leur descente de la route sinueuse. Lorsqu'ils parvinrent enfin au bas du col, tout le monde se réveilla. Boaé s'était garé. Ce n'était pas pour la pause toilette qu'ils faisaient habituellement à cet endroit. Son épouse ouvrit quand même sa portière et mit pied à terre. Elle pensait que son mari s'était arrêté pour lui passer le volant afin d'alléger le poids du trajet. Boaé ne sortit même pas. Il voulait seulement souffler. Se libérer de sa tension et de sa nervosité. Il ne se sentait pas bien. Ses bras et ses mains étaient engourdis.

Il se mit à tambouriner sur le tableau de bord pour retrouver ses sens, mais rien n'y faisait. Il se voyait à présent en train de conduire, comme si ses propres yeux le regardaient à travers la vitre de sa portière. Ainsi, Boaé voyait Boaé conduire. Et, toujours à ses côtés, Hiké qui somnolait. C'était amusant et ça aurait sans doute dû être effrayant. Mais Boaé n'avait pas peur. Il n'en parla même pas à son épouse.

Sur le côté de la route, Boaé courba l'échine pour se maintenir la tête contre le haut du volant. Il ferma les yeux et garda cette posture pendant quelques instants. Quand il rouvrit les yeux, il vit un drap noir étalé sur le tableau de bord et, par-dessus, des petites fleurs blanches éparses. Son esprit déjà très occupé fut saisi d'effroi. Il pâlit et son regard sembla soudain aussi vide que celui d'une statue.

Hiké supposa qu'il priait. Aucun bruit. Il avait coupé la radio avant de s'arrêter. Seul le doux ruissellement du creek qui envahissait la chaussée, à peine troublé, de temps à autre, par le vrombissement lointain d'un véhicule qui abordait le col. Les crevettes, les anguilles et d'autres animaux aquatiques devaient sûrement sortir à cette heure-là, comme la biche et son troupeau.

— Sors une pièce, dit-il à Hiké.

Elle ouvrit la boîte à gants et lui tendit une pièce de monnaie et un reste de tabac-bâton que le couple gardait toujours en stock dans les bacs à babioles des portières.

— Tiens !

Boaé saisit les objets et descendit de la voiture. Il fut absorbé par la nuit. Hiké alluma la lumière de la cabine, descendit pour ouvrir la portière latérale du minicar et regarda ses deux filles qui s'étaient rendormies.

— C'est bon, dit une voix qui émergeait de l'obscurité.

Boaé était revenu. Il était disposé à reprendre la route. Son épouse referma la portière après avoir embrassé les visages de ses deux anges. Elle regagna sa place.

— Alors ? dit-elle.

— Oh ! *Mademoiselle la vierge noire*. C'est tout.

— Et qu'est-ce qu'elle veut ?

— Rien, mais elle n'est pas bien.

— Comment ça ?

— Elle a été dérangée. Dans son sommeil ou dans ses occupations. Je ne sais pas.

— Où ?

— Aïe ! Hiké, ce doit être elle, la masse noire, la grosse biche qu'on a vue plus haut.

— La biche blessée ? Mais t'as vu ?

— Ah ! Tu as remarqué ?

— Ses yeux… ils brillaient d'un vert fluo.

— Oui, ils brillaient… Je ne sais pas… On dirait que quelque chose va se passer.

— Comment ça ? On va faire accident ?

— Arrête de poser des questions bêtes, toi. Éteins la lumière.

Il avait parlé d'une voix forte pour faire taire sa femme qui voulait toujours tout savoir. Il mit le contact et démarra. Comme à chaque fois que son mari se montrait brusque, Hiké se couvrit le visage de son châle et détourna le regard. Elle ne parla plus. Son silence était la punition de Boaé. Il n'aimait pas la voir bouder et elle le savait. Elle fit donc en sorte qu'il remarque son attitude. Mais Boaé était trop préoccupé pour s'en soucier.

Il alluma la radio qui diffusait de la musique rétro. De la musique pour les vieux, comme il aimait dire. De la bonne musique et des chansons à texte, pas la musique des jeunes qui casse les oreilles.

Avant d'arriver au carrefour qui menait vers Poum, Hiké, qui avait signé un pacte avec le diable pour embêter son mari, oublia son contrat. Elle glissa discrètement sa main gauche sous son châle pour augmenter le volume de la radio. Elle avait reconnu une chanson que Boaé aimait beaucoup, mais elle ne voulait pas qu'il voie son geste.

Dans leurs relations, Hiké gardait toujours une certaine réserve, même dans leurs moments de complicité, même lorsqu'ils s'apprêtaient à se mettre au lit et qu'elle avait envie de rire avec lui.

Boaé avait vu son manège et s'en amusait. Il voulut changer de fréquence pour la taquiner, mais n'eut pas le temps de terminer son geste. Le morceau s'interrompit brusquement, comme de lui-même. L'animateur annonça un flash d'information spéciale et laissa aussitôt le micro à un journaliste : « *Nous recommandons la plus grande prudence aux automobilistes du Grand Nord qui empruntent le col d'Amos. On nous informe d'un accident dramatique qui vient de se produire au sommet du col et qui aurait entraîné le décès de trois personnes. La circulation est actuellement coupée dans les deux sens. Je répète... *»

Ce fut comme si une brise glacée avait traversé les parois du véhicule pour en emplir l'habitacle. Boaé se gara une nouvelle fois sur le bas-côté et coupa le moteur. Hiké se rapprocha instinctivement de lui et vint se blottir contre sa poitrine, comme un oiseau tombé du nid qui cherche la chaleur d'une main amicale. Boaé la serra contre lui. Il n'avait plus le cœur à la taquiner. La Mort rapproche aussi les êtres. C'est connu.

Ils restèrent ainsi de longues minutes, sans pouvoir parler. La nouvelle était terrible. Elle les affectait profondément. Un couple venait de perdre la vie, et cela aurait pu être leur histoire. Dans une courbe, au sommet d'une côte de la route du Grand Nord, la famille de Boaé n'avait échappé que de quelques minutes à la tragédie.

Le pick-up qui poursuivait la biche avait dévié sur la voie de gauche et s'était encastré dans une voiture qui arrivait en face.

Le choc frontal avait été aussi violent qu'inévitable. Le conducteur de la voiture percutée était mort sur le coup. Sa femme l'avait suivi quelques minutes plus tard, avant même l'arrivée des secours. Le conducteur du pick-up, lui aussi mort sur le coup, avait mordu la chaussée de gauche sans en avoir conscience, obsédé par sa poursuite de la pièce magnifique qui titubait devant lui sans jamais tomber.

La Mort avait choisi d'autres proies.

Après la naissance de Timothée, Agoze vint voir Zikone à la maison. Zikone ignorait le but de cette visite. Il avait seulement des doutes parce que son cousin, quand il venait le voir, voulait toujours arranger des coups ou jouer l'entremetteur à son compte.

— Non, non, mon cousin, ce n'est pas pour ce que tu penses, je suis venu pour autre chose. Ça va sûrement t'étonner. Tu sais, mon week-end, tout mon week-end, je suis allé le passer à l'hôpital.

— T'es malade ?

— Laisse-moi finir. Je sais que tu ne sais pas… À qui j'ai rendu visite, mon cousin ?

— Ben, je devine.

— Rosaire, ta copine de Yaté, de Touaourou, elle était enceinte. Eh ben, elle a accouché, et c'est une fille. C'était la semaine dernière.

— Agoze, j'ai pas de copine de Yaté. Et tu le sais. Qui t'a dit cette connerie ?

— Ha ! Ha ! Je vois que tu paniques, hein ? Mais c'est pas Rosaire de Yaté qui est à la maternité. C'est Isabelle, de Wadrila[11]. Vous étiez ensemble au collège de Hnaizianu, son oncle était pasteur à Luecila. Celle-là, tu la connais, par contre. Tu ne l'oublies pas, j'espère… Tu l'as laissée, mais elle, elle t'a toujours gardé dans son cœur. Je t'assure, elle me l'a dit. Moi, je l'ai sortie de temps en temps en voiture. On se promenait pour écouter la musique. Mais c'est de toi qu'elle parlait. Et avec moi, les jeunes coqs qui avaient des vues sur elle n'osaient plus s'approcher. Ah ben ! C'est pour toi que j'ai fait ça. Eh ben voilà… Si tu as le temps et que tu penses à elle… Passe, elle vient d'accoucher. Mes félicitations, mon cousin !

Il saisit la main de Zikone, la serra et la secoua énergiquement, comme pour marquer son contentement. Zikone avait suivi l'histoire d'un air détaché, comme si elle concernait quelqu'un d'autre. Il n'avait rien à voir avec tout ça. Agoze insista pourtant sur sa paternité présumée.

— Tu connais que le petit ressemble beaucoup au tonton[12] !

En réalité, Agoze était le cousin germain de Zikone. Ce qu'il sous-entendait était très blessant pour Zikone. À sa manière, Agoze l'accusait d'avoir mis Isabelle enceinte et de ne pas avoir le courage de l'assumer.

---

11 *Wadrila* : une tribu d'Ouvéa, une des trois îles Loyauté.

12 *Tonton* : oncle. Chez nous, le fils de l'oncle a le même titre que l'oncle. Il est aussi appelé oncle, tonton…

— Agoze, j'ai appris qu'Isabelle était enceinte. Ça ne m'a pas étonné, c'est une fille comme toutes les filles du monde. Mais elle n'est pas enceinte de moi, c'est impossible. Je ne suis jamais sorti avec elle, même depuis Hnaizianu.

— Ha ! Ha ! T'assures pas, mon tonton. Rappelle-toi d'un soir de l'année dernière… Avec qui avions-nous tourné dans la 504 ? Ma petite amie Lizie, toi, moi… et qui ?

— Isabelle. Ah… oui, cela me revient !

— Ça te revient. C'est pour cela que je te dis que le petit ressemble beaucoup au Vieux. Tout lui. Craché. Il n'y a même pas à douter de...

— Agoze, je t'assure que je n'ai jamais couché avec Isabelle, je n'ai jamais écrasé mes couilles entre ses jambes pour parler net. Ni à Hnaizianu, ni ici. Ce n'était que des petites embrassades. On s'embrasait à s'embrasser ! Oui ! On s'aimait. Je te jure. Mais c'était tout.

— C'est pas ce que tout le monde dit, tu sais ? Maintenant, tout le monde connaît ton histoire. Un bon footballeur comme toi, ça ne tire pas seulement dans un ballon. Hahaha… mon tonton !

— Agoze, je ne suis pas d'humeur. Je sais ce que tout le monde dit. Tu sais que j'ai quitté Do-Kamo avant l'heure et que je n'ai pas passé mon bac à cause de ça. Ça me reste au travers de la gorge. Je ne supportais plus les regards sur moi, surtout ceux des autres filles. Certains m'appelaient *Papa du gosse*[13] et j'avais très

---

13 *Papa du gosse* : expression moqueuse pour désigner le père d'un enfant naturel.

honte. C'était mortel. Je n'avais jamais imaginé vivre ça à mon âge. Certains des cousins d'Isabelle qui étaient avec moi au lycée, et même dans ma classe, ont fini par me regarder de travers. Et les regards pèsent encore, à l'heure où je te parle. Je rase les murs. Et ce poids qu'on veut me faire porter, ce n'est pas juste. Je suis certain que l'enfant n'est pas de moi. Je te répète que je ne suis jamais sorti pour coucher avec elle. L'année dernière, comme tu te rappelles, là-haut, au Ouen-Toro[14] nous sommes restés sur le bord de la route, là où tu nous as laissés. Je ne l'ai même pas touchée. Demande-lui quand tu la verras. Elle te dira elle-même.

— Ah bon ! Parce que tu n'as pas l'intention d'aller la voir ?

— Je vais réfléchir. Pour le moment, je ne vais rien faire.

— Mais Isabelle ne m'a pas raconté tout ce que tu dis.

— Et pourquoi qu'elle devait te raconter tout ça ? Elle ne souffre pas de son gosse ! Moi non plus, je ne souffre pas de son gosse ! Je souffre seulement du regard des gens, et surtout des gens qui veulent que le bébé soit de moi !

Agoze écoutait Zikone en le fixant bien dans les yeux, l'air très grave, cherchant le moyen de le faire fléchir pour qu'il se décide enfin à aller voir sa progéniture. Mais Zikone semblait vouloir s'entêtait à nier.

* * *

---

14 *Ouen-Toro* : lieu de rendez-vous des amoureux.

Trois mois plus tôt, alors que Zikone était encore élève au lycée Do-Kamo, Jojo avait débarqué dans la salle de cours, juste après la sonnerie de la récréation. Zikone n'avait pas fini de ranger ses affaires. Il s'apprêtait même à donner des explications à Aurélia, une jolie fille qu'il espérait conquérir en lui donnant des cours particuliers de maths.

— Il y a des gens pour toi, avait dit Jojo.

— Qui c'est ?

— Je ne sais pas. Je ne les ai jamais vus.

— Ah bon ! Ils sont combien, tu dis ?

— Un couple. On dirait des gens des Îles. Ils sont à la barrière. Ils sont avec le proviseur du lycée.

— Et tu ne sais pas pourquoi ils veulent me voir ?

— Aucune idée. Au fait, c'est monsieur le proviseur qui m'a envoyé.

Zikone rangea rapidement ses affaires.

— Aurélia, on peut se voir après ? À la sonnerie de midi. J'irai manger avec toi si tu veux.

— Je suis en salle L2. On peut aller à la station de l'autre côté, vers Sainte-Marie, si tu veux. Tu sais, c'est par là-bas qu'il y a un joli parc et beaucoup d'arbres. On mangera nos casse-croûtes sous les faux poivriers…

— Promis.

Zikone quitta précipitamment la salle à la suite de Jojo. Ils couraient presque, de peur de faire attendre le proviseur qui n'était pas tendre avec eux. En descendant les escaliers, Zikone réussit quand même à glisser quelques questions.

— Jojo, est-ce que tu connais ces gens qui veulent me voir ?

— Non, mais le monsieur a l'air très sérieux. La dame, moins. Elle est plutôt réservée et en retrait. Ils connaissent Theo. Ce doit être sa famille. Ils parlent en iaai[15].

— Et Theo ne t'a pas dit pourquoi ils veulent me voir ?

— Je n'ai pas parlé avec lui, c'est le proviseur qui m'a envoyé. Il était en grande discussion avec eux lorsqu'il m'a vu sortir de la salle d'étude. Il m'a appelé. C'est tout. Bon allez, je te laisse. C'est vers la sortie, là-bas, au portail, devant le bureau des entrées. Je vais rejoindre Lauria. Il y a un bon coup à jouer avec elle. Je te laisse. À onze heures, je te raconte tout ça.

Zikone aurait voulu poser une autre question, non pour en apprendre plus sur le sujet qui amenait le couple de Iaai, mais pour se faire accompagner jusqu'à la sortie. Mais Jojo avait déjà disparu et Zikone restait seul avec ses peurs. Les questions se bousculaient dans son esprit. L'idée de fuir l'effleura un instant, mais elle ne lui allait pas. Zikone était de ceux sur qui on pouvait compter. Du collège au lycée, il avait presque toujours été élu comme délégué de classe. Même en arrivant au collège de Hnaizianu, alors qu'il débarquait de sa tribu de Hnadro, il n'avait pas tardé à gagner la confiance de ses camarades. C'était au foot qu'il s'était fait un nom. À son arrivée, il avait l'air timide. Très timide. Quand le

---

15 *Iaai* : langue et nom de l'île d'Ouvéa (une des trois îles
     Loyauté attachées au territoire de Nouvelle-Calédonie).

prof du collège, un mercredi après-midi, avait demandé aux garçons de former l'équipe de benjamins, les bons s'étaient tout de suite regroupés d'un côté. Zikone avait été repoussé dans le groupe des mauvais.

L'équipe des bons était menée par Jojo, un garnement de Xepenehe que tout le monde connaissait. Depuis l'école primaire, là où il y avait une bagarre, il y avait Jojo. C'était à se demander s'il venait en classe pour apprendre quelque chose ou pour se bagarrer et jouer au foot. Jojo était un bon joueur. Sa famille ne vivait que pour cela. Son père était même président de club.

Dans l'équipe où on l'avait relégué, Zikone ne tarda pas à repérer Roger, que les jeunes du collège avaient surnommé Rogiasse, parce qu'il était efféminé. Zikone lui proposa d'être goal et l'idée donna d'excellents résultats. Sous ses airs de fille manquée, Roger était un dur. C'était un excellent gardien. Lorsque la balle se rapprochait des buts, il lui suffisait de se saisir du ballon et de shooter très loin devant. Zikone faisait le reste, alignant toute la défense de l'équipe adverse. Lors du premier match, il marqua et marqua encore, à tel point que lorsque le prof arriva pour demander le score, Jojo n'était plus sur le terrain, il était déjà rentré chez lui. Julot, le cousin de Jojo qui jouait aussi les caïds, était aux vestiaires. Il saignait. Zikone l'avait rossé parce qu'il lui avait manqué de respect. Ni Jojo ni aucun de ses coéquipiers n'avaient bronché devant la force redoutable dont Zikone avait fait preuve.

Zikone se montrait belliqueux dans le jeu, mais il respectait toujours ses adversaires. Et, à chaque fin de partie, quand les mauvais perdants rentraient au vestiaire sans saluer leurs adversaires, Zikone allait serrer la main des vainqueurs et des arbitres. Il oubliait facilement les mauvais coups reçus sur le terrain, considérant que cela faisant partie du jeu. Le foot, après tout, est une affaire d'homme.

Son comportement exemplaire ne tarda pas à être remarqué. Le prof de sport lui confia la responsabilité de former les équipes dans toutes les catégories. Jojo finit par se joindre à lui et devint son ami. Ils suivirent le même cursus. Le cousin Julot prit ses distances et changea d'établissement. Incapable d'accepter la correction qu'il avait reçue, il avait toutefois senti qu'il n'aurait jamais sa revanche. L'orgueil avait fait le reste. Il s'en était allé.

La rencontre avec le père d'Isabelle dura le temps d'un éclair. Sans même se présenter à Zikone, il lui lança sa colère à la figure : sa fille était enceinte ; il fallait faire quelque chose. Puis, il remonta dans sa voiture et partit en laissant Zikone sur le trottoir, abasourdi.

Les élèves qui se trouvaient au portail n'avaient rien perdu de la scène. Le proviseur du lycée avait probablement demandé au papa d'Isabelle de passer par les parents avant de venir voir Zikone au lycée. Contraint de rester à l'extérieur de l'établissement, l'homme avait longuement ruminé sa colère avant de pouvoir la déverser sur le jeune homme. Après cette courte entrevue dramatique, Zikone, commotionné par la nouvelle qui venait de lui tomber dessus comme un coup de massue, fut reçu dans le bureau du proviseur qui lui vint en aide. Il découvrit alors que, sous son apparence sévère, le directeur était en réalité un homme de cœur qui lui parla longuement, comme un papa à son enfant, jusqu'à l'heure du repas.

À la sortie, Zikone aperçut Aurélia qui l'attendait au portail. Il la rejoignit, les jambes encore chancelantes. À Sainte-Marie, l'ombre des faux poivriers les attendait. Ils y déjeunèrent et Zikone donna à Aurélia le cours particulier qu'il lui avait promis. Mais il ne fut pas beaucoup question de mathématiques dans ce cours, et cet après-midi-là, Robert, l'éducateur de service, releva deux absences dans son listing.

* * *

Les vacances venues, Zikone fut soulagé de retourner dans sa tribu. À Hnadro, il était dans son milieu, loin d'Isabelle et de son enfant, et surtout, loin d'Agoze. Un après-midi de dimanche, Hnodrela, un cousin et ami d'enfance, passa chez Zikone. Il y avait une animation à la tribu.

— Qu'est-ce que tu veux ?

— Tous les jeunes sont à Eika, ils sont en train d'attendre l'équipe de cricket. Les femmes à nous arrivent ce soir par le dernier vol. Toute la tribu est là-bas pour l'accueil.

— Nasaie, elle est où ?

— Elle doit être à Eika, aussi. Comme toutes les filles qui ne jouent pas au cricket. Elles ne sont pas nombreuses.

— Et Drenga ?

— Là-bas aussi, je suppose. L'équipe de cricket marche plutôt fort par ici.

— Tu as raison. L'année dernière, les filles ont remporté la coupe des îles. Et elles ont soufflé le titre à la meilleure équipe du Nord. Baco, je crois. Je suis allé voir le match à la Vallée-du-Tir. On était tout un troupeau de jeunes du lycée. Il y en avait qui allaient parce qu'ils étaient intéressés par le cricket, mais la majorité, c'était pour autre chose.

— Ah ben ça, j'en doute pas ! On y va.

Les deux garçons sortirent de la case pour rejoindre les autres qui s'éloignaient déjà sur la grande route. Ils firent mouvement vers le presbytère. Lorsqu'ils arrivèrent au niveau de la case du vieux Wagajemë, un attroupement attira l'attention du groupe.

— Viens voir !

C'était Drenga qui criait vers la route. Elle était assise à la fenêtre de la case, la petite porte des femmes. C'est elle, la bavarde qui jouait l'entremetteuse. Plus proche des garçons que des filles. Certains garçons quittèrent précipitamment la route et descendirent en courant sur la pelouse. Ils filèrent droit vers la case. Chaque aspirant en puissance avait sa petite affaire à jouer avec Drenga. Elle s'adressa aussitôt à Hnodrela d'une voix forte, afin de capter l'attention du groupe, comme elle savait si bien le faire.

 — UN BÉBÉ PAR PROCURATION —

— Draeman, le vieil homme d'Ouvéa tire les cartes. Entrez ! Vous allez voir… Stupéfiant !

Cela amusait les jeunes de se voir lire leur vie. À l'intérieur, un garçon coupa le jeu de la main gauche, côté cœur. Le vieux battit ensuite les cartes et les disposa sur la natte dans un ordre qui lui permettait de faire sa lecture. Tout le monde retenait son souffle, dans l'attente du moment où le vieux allait mettre en lumière des zones d'ombre et des turpitudes que personne n'aime dévoiler. Les jeunes s'émerveillaient de reconnaître certaines similitudes entre ce que racontait le devin et leur vécu. Quand Zikone se baissa vers la fenêtre pour jeter un coup d'œil vers l'intérieur de la case, il fut saisi par ce que racontait le cartomancien. Le vieux Draeman tirait les cartes pour le compte de Sienë, un jeune coq de la tribu.

— Ta copine a accouché d'un garçon. Tu es très discret. Tu te caches tout le temps des gens en pensant que personne n'est au courant de ton gosse avec une fille des Îles. Je connais. Rien n'échappe au vieux Draeman. Coupe.

Perplexe, Sienë coupa les cartes de la main gauche. Et le vieux étala le jeu sur la natte. Il n'y avait pas de bruit dans la case. Tout le monde attendait ses révélations.

— T'es un petit salaud ! Maintenant, les gens t'appellent *Papa du gosse*. Et tu te caches parce que tu as honte de te faire appeler ainsi.

Sienë secoua la tête en riant nerveusement. Cette fois-ci, le vieux semblait avoir perdu la boule. Il racontait n'importe quoi.

— C'est normal, cette chose-là, ce n'est pas encore pour ton âge, reprit le devin. Mais rappelle-toi d'un soir… Quelqu'un était venu te chercher pour une balade nocturne. Ça remonte à l'année d'avant. Voici, le dix de carreau, c'est la couleur de la voiture. Blanche. Tu t'es embarqué avec trois autres personnes. Elles sont là. Un garçon et deux filles. Le garçon, le voilà, c'est le valet de carreau. Proche de toi. Très proche de toi. Il est ton filial, en réalité. Tu es là, le valet de trèfle. Une des filles est ta copine. C'est la dame de cœur, elle est là aussi. Elle t'aime très fort. Elle est toujours amoureuse de toi, d'ailleurs. Ce soir-là, vous n'avez rien fait de sérieux qui puisse avoir une incidence sur vos futurs. Et pourtant, le ciel s'y prêtait, il était farineux, tout illuminé des lointaines galaxies. Il faisait frisquet, hein ? Tes bras reposaient doucement sur ses épaules. Tu l'aurais couvert de tendresse et de baisers ce soir-là. Ce ne fut pas ainsi, n'est-ce pas ?

Sienë secouait toujours la tête sans comprendre de quoi parlait le devin. Il tentait de fixer des yeux qui ne le regardaient pas. Le regard du devin passait par-dessus ses épaules et allait vers la fenêtre où se tenaient Zikone et les autres garçons qui venaient d'arriver. Le vieux fixait les yeux de Zikone.

— Attends, mon garçon, je vais rebattre les cartes. Recoupe. Je refais un autre deal. J'ai un doute sur une chose.

Il abattit les cartes.

— Le salaud ! Regarde, mon fils. La vie est un jeu de cartes. Le jeu, il est tiré. Voilà la vérité ! La dame de cœur et le valet de trèfle, ils sont toujours tirés ensemble. La dame de cœur, c'est elle ta petite amie, mais son cœur saigne. Il est brisé par l'autre garçon. Ce jeune homme, c'est celui qui était avec toi ce soir-là. Au fait, je suis maintenant sûr qu'il est de ta famille proche, très proche.

De l'autre côté, Zikone ressentait un trouble de plus en plus fort. L'histoire du devin avait quelque chose d'étrangement familier.

— Mon garçon, ça n'est pas toi qui es responsable de la paternité de ta petite amie. Ce n'est pas toi qui as fait glisser ton petit tabac-bâton ce soir-là. Les cartes ont parlé.

Après un court moment de flottement, l'atmosphère se détendit subitement et tout le monde se mit à rire. La tension avait été vive. Draeman avait parlé d'une voix très forte, alors qu'il abordait des sujets tabous. Le jardin secret d'une personne ne doit jamais être dévoilé en public. Mais Draeman représentait une forme d'autorité, un ayant droit qui pouvait se permettre de transgresser les tabous. À présent que ses paroles passaient pour une plaisanterie, chacun s'en amusait, mais, dans les minutes qui avaient précédé, l'audace de Draeman les avait tous effrayés.

— La petite amie de Sienë a couché avec un autre ! Bien fait pour lui ! Cela lui apprendra à respecter les copines des autres garçons.

C'était Hnodrela, l'oncle de Sienë, qui venait de parler. Il criait de la fenêtre où il se trouvait avec Zikone.

Tout le monde connaissait Sienë. Il passait toujours pour le pitre de la tribu. Tout le monde savait aussi qu'il était impossible qu'il eût un enfant avec une fille. C'était trop aberrant pour être vrai et être cru. Mais, avant même l'arrivée des autres jeunes, le vieux Draeman avait prédit que Sienë allait lever une fille dans la soirée. Sa vision concernait peut-être le futur ?

— Allez, Zikone, on s'en va, rajouta Hnodrela. Qui va croire ce vieux Draeman ? On voit bien qu'il est d'Ouvéa et qu'il ne connaît pas Sienë. Ah ! S'il avait tiré les cartes pour toi, Zikone, je le croirais ! Le neveu ? Ah non ! C'est gaspiller les cartes.

Le groupe se mit à rire et se désarrima de la case pour dériver vers la route principale. Certains continuèrent de rire, d'autres l'air plus grave, avançaient en silence. Zikone en faisait partie. Les garçons marchaient ensemble. Par moment, quelques-uns ramassaient des pierres pour les jeter sur les grappes de cocos secs qui ornaient les cocotiers bordant la route, histoire de se mesurer aux lancers. Lorsqu'ils réussissaient leur coup, les cocos étaient rangés au pied des cocotiers, afin que les grands-mères les ramassent pour leur marmite. De temps à autre, deux ou trois garçons se lançaient le défi de planter une flèche en bois au sommet du tronc d'un cocotier mort. L'épreuve était difficile, car le tronc dénudé s'élevait parfois à une quarantaine de mètres. Ils taillaient des projectiles d'un mètre de long, affûtés à l'une des extrémités, et fendus en quatre de l'autre côté, afin d'imiter les faisceaux de plumes hérissées qui ornent la tête de certains oiseaux. Cet empennage servait de stabilisateur pour maintenir le projectile en droite ligne, lorsqu'il fendait l'air pour aller se planter dans sa cible.

Le spectacle de ces défis était fascinant. Lorsqu'une fille du groupe venait à s'extasier devant la prouesse du vainqueur, son cri d'admiration était interprété comme un message. Elle accepterait sans conteste les avances du lanceur. Il restait à ce dernier à décider s'il souhaitait la courtiser ou non. Mais la jeune fille serait certainement bien disposée.

Vers le presbytère, ils se séparèrent en petits groupes, comme s'ils savaient déjà ce que chacun devait accomplir. La répartition des tâches était une chose si naturelle qu'ils n'avaient pas besoin d'y réfléchir. Nul besoin de donner les directives pour préparer l'accueil des femmes de l'équipe de cricket.

Sienë était resté quelque temps dans la case, après les révélations de Draeman. Il feignait d'avoir été malmené par les paroles du vieux. Il traînait les pieds et se grattait la tête, baissant les yeux lorsqu'il se faisait appeler *Petit papa* par ceux qui avaient entendu l'histoire. Mais au fond de lui, il savait pertinemment que le vieux ne parlait pas de certitudes, ou bien qu'il avait parlé pour quelqu'un d'autre.

Vers le soir, l'agitation chez les petits garçons et les jeunes filles attira l'attention des plus grands. La fièvre monta d'un cran. L'équipe de cricket arrivait. Les gamins couraient derrière les voitures qui faisaient leur entrée dans la cour du presbytère. Elles klaxonnaient et allumaient leurs feux de détresse. Toute la tribu était là. Les joueuses de cricket, radieuses et fières d'avoir encore remporté la coupe de Calédonie, sortaient leur tête des portières des voitures et criaient. On remuait des fanions aux couleurs de l'équipe. Une soirée en liesse s'annonçait. Les garçons et les filles de la tribu s'alignèrent sous la lumière pour former une haie d'honneur.

Zikone n'eut pas le temps de se dérober de la cabane à eau chaude. Trop occupé à passer le café et à infuser le thé dans les fait-tout, il resta cloué dans la baraque, en retrait des événements. Il regrettait encore de ne pas avoir pu échanger avec Drenga. Il avait Nasaie dans le collimateur, mais voulait passer par les services de l'entremetteuse. Drenga avait plusieurs plans avec d'autres garçons. Zikone le savait, mais il bouillait d'impatience, tout comme l'eau qu'il versait sur le café et sur le thé. Un autre garçon pourrait lever Nasaie avant lui. Il sortit et s'avança vers la lumière, mais il lui fallut revenir aussitôt pour surveiller les marmites sur les rails. Il n'y avait plus personne d'autre sous le toit de tôle qui servait de cuisine. Il se sentit très seul lorsque les bruits des Klaxon et les cris cessèrent. Il voulut partir dans la nuit, à la poursuite de Hnodrela et des autres jeunes, mais son sens du devoir était le plus fort. Il s'assit sur le tronc de cocotier qui servait de tabouret pour attendre que les mamans reviennent vers la cabane afin de récupérer les Thermos d'eau chaude.

Mais c'est Nasaie qui se présenta bientôt devant lui. Elle amenait une bouilloire et une passoire pour le café. De son épaule pendait le maillot de l'équipe qu'elle venait juste de retirer. Elle avait remis sa robe de la journée. Une robe si transparente qu'on devinait son jupon en dentelles blanches en dessous, qui lui donnait une apparence de légèreté, et Zikone se demanda un instant s'il rêvait. Comme toutes les jeunes demoiselles qui avaient formé la haie d'honneur, elle s'était maquillée. Ses joues et ses lèvres étaient fardées de rose. Dans la lumière et la fumée des feux de la cuisine, des paillettes étincelaient dans ses tresses. Une jeune fille svelte aux seins pointus qui s'offrait en pâture aux yeux attendris de son admirateur. Nasaie était la fée sortie d'un conte dont il serait le prince charmant. Elle sentait très fort la fleur de *potr*[16] qu'elle portait autour du cou. Dans sa chevelure, une couronne de *hnime*[17] lui descendait au ras des yeux. Ces parfums enivrants tournaient dans l'air du soir. Nasaie incarnait la beauté et le rêve. Zikone était incandescent. Il n'osait même pas lever la tête pour la regarder dans les yeux. Le sang battait à ses tempes. La terre fuyait sous ses pieds.

— Hnodrela m'a chargée de te remettre ça.

Elle parlait d'une voix douce, intimidée de se trouver devant Zikone. Elle avait peur d'être surprise en train de parler à un homme seul. C'était inconvenant.

---

16 *Potr* : fleur blanche de bois de pétrole, à forte odeur de tiaré, avec laquelle on confectionne des couronnes ornementales.

17 *Hnime* : écorce d'une liane avec laquelle on confectionne des couronnes et qui a la particularité de dégager un fort parfum.

Les mains de Zikone tremblaient tellement qu'il n'osa pas se saisir de la bouilloire que lui tendait Nasaie.

— Pose-la là, sur la table. Je m'en occupe. Merci !

Il avait voulu prononcer le dernier mot d'une voix forte, pour montrer son assurance, sa bonne éducation et sa culture. Mais sa voix avait tremblé. Il s'était adressé à elle en fixant la table des yeux et en haussant les sourcils. Il avait parlé vite, comme pour se débarrasser d'un poids. La présence de Nasaie le gênait. La honte le terrassait. Avait-il oublié qu'il avait voulu faire appel à Drenga pour arranger quelque chose avec Nasaie ?

La jeune fille fit ce que Zikone lui avait demandé. Elle posa la bouilloire et la passoire à café sur la table, puis disparut. Avait-elle remarqué sa voix chevrotante ?

Zikone laissa couler quelques instants avant de se lever pour partir à la recherche de celle qu'il venait de perdre. Mais il ne parvint pas à mettre son désir en action. Il resta debout, obsédé par ses pensées. En réalité, il n'avait aucun besoin de la bouilloire ni de la passoire à café. Il avait tout sur place. D'ailleurs, le thé et le café étaient déjà passés et infusés, prêts à être servis dans la grande salle de la maison commune, sur la table de réception des convives. C'était Nasaie qui lui manquait. Il pensa à Hnodrela, Hnodrela qui allait arriver et à qui il devrait justifier son manque de réactivité et de courage. Il était sûr que son cousin lui avait arrangé le coup. Voyant que Drenga étant prise sur une autre affaire d'habile courtisane, Hnodrela avait sans doute pris les choses en main et demandé à Nasaie d'aller lui porter la bouilloire pour lui permettre de lui parler.

 — Un bébé par procuration —

Zikone finit par se rasseoir sur le tronc du cocotier, déchiré entre le désir de repartir à la conquête de Nasaie et celle de faire face à Hnodrela. Il se perdit en conjectures.

Aucune de ces éventualités ne fut pourtant à vivre ce soir-là. Hnodrela ne revint jamais sur la maladresse de son cousin. Pour Zikone, le pire fut d'accepter que Nasaie, ce soir-là, avait décidé de sortir avec un autre garçon de la tribu : Sienë.

* * *

À la fin du mois de janvier de cette année 1983, les responsables de la paroisse demandèrent à Zikone d'animer les trois jours de leur kermesse. Beaucoup de groupes se succédèrent au podium et tout se passa bien. Le mardi, après que les jeunes de la tribu aidés par d'autres jeunes des tribus avoisinantes eurent fini de démonter les baraques, une mauvaise nouvelle vint frapper la tribu. Cilili était mort. Il s'était noyé, là-bas, à Xodre. Pas loin de l'endroit appelé *hna kuië hoos*[18]. Quand un cheval ou un âne venait à mourir sans qu'on en sache la raison, les hommes de la tribu traînaient le cadavre de la bête et, du haut des falaises, le jetaient en contrebas sur les flots. Le corps ne restait jamais plus de quelques secondes sur l'eau avant d'être englouti, comme bu par la houle de fond.

---

18   Endroit où les gens de la tribu de Xodre jettent les chevaux morts et d'autres cadavres d'animaux.

Xodre, une tribu du bout de l'île de Lifou, est aussi appelé *Jua e Hnawe*. La dangerosité de l'endroit forge inéluctablement le caractère des gens qui y vivent. Elle les pousse à toujours se vanter de la singularité et de la beauté sauvage de leur paysage. Ils prétendent être les seuls à pouvoir endurer les conditions qui y règnent, à supporter la fureur de l'océan. Leurs oreilles sont habituées aux flux et aux fracas de l'onde sur les rochers. Un roulement de tonnerre.

Ce mardi de janvier, deux jeunes des tribus des hauts plateaux, Cilili et Sienë, poussés par on ne sait quel destin, étaient allés boire leurs bières sur le rebord des falaises, à moins d'un demi-mètre du précipice. Sienë avait sauté le premier. Cilili avait suivi. Ils avaient nagé quelques instants puis Cilili avait coulé tout droit, comme un plomb au bout d'une ligne. Il n'y avait plus rien eu à faire pour lui. Les autres jeunes qui avaient assisté au drame avaient couru pour chercher du secours. Un vieux qui habitait près des falaises était venu jeter une bouée amarrée à un long cordage. Épuisé, Sienë n'avait même pas réussi à nager jusqu'à la bouée. Trois jeunes de Xodre avaient alors plongé dans la mer démontée pour ramener Sienë. Ils l'avaient remonté, à bout de souffle, pendant que deux autres plongeurs plus aguerris s'étaient chargés d'aller chercher le corps sans vie de Cilili, tout au fond, les tresses retenues par un très joli madrépore.

* * *

À bord du *Cap des pins*[19] qui l'amenait vers la Grande-Terre, Zikone regardait la pointe de *Jua e Hnawe* et les falaises de Xodre d'où Cilili avait sauté et coulé. La gorge nouée, il était agité par des pensées morbides. Pourquoi était-ce Cilili qui s'était noyé ? Pourquoi pas Sienë ? Si cela avait pu être Sienë, Nasaie serait à nouveau libre et il pourrait…

Il ne voulait pas dormir. Il resta campé à l'arrière du navire avec d'autres personnes. Ils discutèrent jusqu'à ce que leur île eût franchi l'horizon et disparu dans la nuit. Zikone fut soudain surpris par une tape sur son épaule. Il sursauta et se retourna brusquement, croyant avoir été frappé par l'un de ces poissons volants qui venaient s'échouer sur les ponts du navire. Mais une frimousse se dressait devant lui. Elle lui demandait s'il pouvait lui céder son lit dans la cabine. Il accepta d'un froncement de sourcil et la petite fille disparut.

Zikone retourna vers le groupe, mais il ne parla plus. Il méditait sur ses souvenirs en s'appuyant sur la chaîne du bastingage. Il se surprit soudain en train de s'endormir debout. Il se redressa alors en prenant appui sur le haut du parapet. Au loin, quelques lumières apparaissaient. Le navire croisait d'autres embarcations, ou des îlots avec quelques maisons de pêcheurs. Le moteur continuait de s'éreinter dans un bourdonnement sans fin. Au milieu de la nuit, et sûrement vers Havanah, là où les courants marins se rejoignent, un vieil homme

---

19 *Cap des pins :* caboteur qui desservait les îles Loyauté (Maré, Lifou et Ouvéa).

l’appela depuis le milieu du navire, en lui faisant un signe de la main. Le bateau tanguait doucement.

— Viens, mon fils.

La lumière était faible, mais Zikone reconnut tout de suite le vieux Draeman.

— Oui, mon fils, c’est moi. Draeman. Je t’ai vu tout à l’heure parmi tous ces gens, tu n’as pas bougé. J’ai envoyé ma petite fille pour te demander ta couchette. J’ai vu ton nom dessus. On était ensemble à Hnadro en fin de semaine. Nous partons à Nouméa parce que sa mère va rentrer à l’hôpital pour accoucher. Ça va être un garçon, tu sais !

Il avait posé sa natte sur le pont. Il était assis en tailleur et, par moment, il se balançait en arrière comme sur une chaise pour se chauffer les épaules contre le grand tuyau de la cheminée du navire.

— Assieds-toi là, ou bien sur la marche de l’escalier. Comme tu veux. Les autres vieux sont rentrés dans la salle commune. Le vieux Sootr, tout ça. Ils ont froid. Moi, ça va.

Zikone s’assit sur une marche de l’escalier qui montait vers la cabine de pilotage. Il regardait le vieux Draeman. Il le revit comme dans la case du vieux Wagajemë où il avait tiré les cartes pour Sienë. Il ne pouvait pas avoir peur, alors qu’il voulait, lui aussi, se faire prédire l’avenir. Ils étaient seuls sur le pont, en plein milieu de l’océan. Il s’assit et fixa le vieux, bien dans les yeux. Le vieil homme ne demandait rien, mais Zikone lui tendit instinctivement la main, comme pour couper les cartes.

— Non ! Ça va, mon garçon… Tu sais, je ne tire pas les cartes pour tout le monde. Mais je vois bien que tu as des soucis. Beaucoup de soucis. Ce sont des soucis passagers, bien à ta mesure, ils sont pour ton âge.

Il se tut. C'était pour sortir son tabac-bâton et ses feuilles de bananier sèches de sa petite boîte. Une boîte que les vieux fumeurs ont toujours dans leur petit sac à main. Il se roula une cigarette.

— Nous allons bientôt passer l'île Ouen. L'air est plutôt frais. C'est bientôt le jour. Le bateau va ralentir son allure. Nous serons au port au petit matin.

Le vieux parlait, Zikone l'écoutait. Il le fixait. Il était fasciné par tout ce que le vieux Draeman disait. Le vieux respirait et fumait exactement comme la cheminée contre laquelle il était adossé.

— En fait, tu n'as pas de soucis véritables, mon garçon. Le bébé dont quelqu'un veut te faire endosser la paternité n'est pas de toi.

Zikone frissonna de stupéfaction. Le vieux Draeman le remarqua de suite.

— Rappelle-toi d'une nuit alors que vous vous promeniez en voiture, comme à votre habitude. Cette nuit-là, ta petite amie hésitait à monter dans la voiture. As-tu remarqué son attitude ?

Zikone continuait à fixer le vieil homme. Il secoua la tête pour dire qu'il n'avait rien compris, en effet, à l'attitude de sa petite amie qui ne voulait pas remonter dans la Peugeot 504 d'Agoze.

— Elle a claqué la portière. Elle était restée sur le bord de la route. Tu n'es pas descendu la rejoindre.

C'est l'autre garçon qui lui a parlé. Il lui a dit de monter. Pas toi. Toi, tu n'as pas parlé, tu es resté sur le siège avant. C'est pour toi qu'elle refusait de monter. Elle ne voulait plus être avec toi. Elle avait honte. Elle ne t'a pas beaucoup regardé ce soir-là.

Zikone frétillait des yeux, se laissant pénétrer par les paroles et l'image du vieil homme qui les lui délivrait. Il finit par acquiescer. Sur ce bateau qui l'amenait loin de son île, il finit enfin par comprendre. Son cousin Agoze lui avait joué un vilain tour. Il était sorti avec Isabelle, sa petite amie de Wadrila. Le petit Timothée qui venait de naître à l'hôpital était donc le fils d'Agoze. Le salaud ! Zikone n'en revenait pas. Il sortit de sa réflexion. Le vieux avait tapé sur sa jambe pour éteindre un morceau de tabac encore brûlant qui s'était échappé de son mégot.

— C'était le plus sérieux. Ça va avec ce que j'ai déjà dit chez Wagajemë à Hnadro quand j'ai tiré les cartes pour le compte de Sienë. Le reste est sans importance, comme ton idée de tuer l'homme qui ne s'est pas noyé à la place de l'autre. Tu aurais voulu parler à sa petite copine. Il ne faut pas avoir de regrets. Le soir où elle est venue t'apporter la bouilloire, elle savait que certaines personnes t'appelaient *Papa du gosse*. Si tu l'avais abordée, elle t'aurait refusé. Elle est très respectueuse envers les copines des autres garçons. Tu as donc bien fait de ne pas lui jeter la ligne, de ne pas lui révéler tes sentiments. En fait, tu as un fond très propre, mon garçon. Attends, j'ai envie de prendre ton prénom en français pour le donner à mon petit-fils, l'enfant de ma fille. Il va naître avec cette lune.

Zikone leva la tête pour fixer le ciel, mais la lune avait déjà disparu. Il respira un bon coup. C'était comme un poids qui venait de lui être enlevé. Son cœur s'allégea.

— Léon.

Le vieux avait déjà jeté son mégot depuis longtemps. Il observait seulement le ciel en répétant « Léon », en secouant la tête de haut en bas, comme pour bien entrer ce prénom-là dans sa tête. L'étoile du matin était derrière eux et allait se pendre vers le bord du ciel. Le point du jour blanchissait déjà l'horizon. Ils attendirent le jour entier, avec d'autres passagers qui étaient revenus se joindre à eux pour s'amuser à rejeter dans la mer les poissons volants qui s'étaient échoués sur le pont.

Quand Zikone descendit du *Cap des pins*, il lui fut très difficile de reconstruire son monde. Il venait de perdre un peu de son innocence. Il n'avait pas encore eu le temps de digérer toutes ses vacances, la mort de Cilili, son manque de promptitude et d'élégance à l'encontre de Nasaie. Les révélations du devin l'oppressaient encore beaucoup.

Agoze et son ami Pamani l'attendaient sur le quai. En s'approchant de la Peugeot 504, Zikone salua Lizie, la petite amie d'Agoze, en l'embrassant. Puis il prit place sur le siège avant. Agoze conduisait. Pamani et Lizie se trouvaient sur le siège arrière. Plutôt que d'aller directement à la Vallée-des-Colons, ils firent un détour par l'Anse-Vata et le Ouen-Toro. La musique résonnait comme par le passé. Aucun d'eux ne parlait. Quand

Agoze ouvrit la bouche pour demander à Zikone s'il avait passé de bonnes vacances, ce dernier fit celui qui n'avait rien entendu. Il feignit de dormir ou d'apprécier la musique qui les berçait. En vérité, il ne voulait pas parler. Il cherchait comment dire à Agoze ce qu'il pensait de lui. Il préférait garder secrets les sentiments qu'il éprouvait pour Nasaie. D'ailleurs, Nasaie était la cousine de Pamani et il était inconcevable de parler d'elle devant son cousin. Au fond, il ne voulait plus rien partager avec eux. Du coup, Zikone finit par vraiment s'endormir. Il fut seulement réveillé à la maison. « *Zikone, Zikone, on est arrivé.* » C'était Pamani qui était descendu de la voiture et frappait à la portière. Il s'apprêtait à contourner le véhicule pour prendre place côté chef de bord.

Une autre voix s'éleva, depuis l'intérieur du véhicule.

— Mon cousin, on voit que tu es très fatigué. Va te reposer, on repasse ce soir. Si tu veux, on ira voir Timothée et sa maman. Demande à Lizie : elle aussi est allée leur rendre visite. Tout le visage du vieux tonton !

C'était Agoze qui venait de parler, revenant à la charge, essayant une nouvelle fois de lui mettre cette paternité sur le dos. Alors qu'il s'apprêtait à ouvrir la portière, Zikone se raidit et fit tourner son corps vers le conducteur, comme un bateau sur l'eau. Son jean émit un craquement plaintif dans ce mouvement brutal. Il fixa son cousin droit dans les yeux, conscient des regards étonnés de Lizie, que sa rigidité soudaine avait surpris. Quelques secondes s'écoulèrent ainsi. Pamani se pencha lui aussi à la fenêtre ouverte, pour comprendre ce qui se passait. Le sang de Zikone bouillait dans ses veines. Il ne se retint plus :

— Réfléchis, Agoze… Mon père est aussi le petit frère de ta mère. Réfléchis. Et souviens-toi de ce qui s'est vraiment passé… Ce n'est pas à mon père que Timothée ressemble. Il serait plus légitime que tu ailles seul leur rendre visite.

Cette fois, sa voix n'avait pas tremblé. Un silence de mort s'installa dans la voiture, que Zikone ne fit rien pour briser, laissant la vérité pénétrer l'esprit de chacun.

— Allez, repasse quand même ce soir, si tu veux. Je t'attends.

Agoze avait du mal à respirer. Lizie ouvrait de grands yeux. Pamani essuya une moucheture imaginaire sur le capot de la voiture. Sans un mot de plus, Zikone ouvrit lentement la portière et sortit. Il n'avait rien à récupérer dans le coffre. Tous ses effets étaient avec lui à ses pieds.

Une fois dehors, il s'étira, puis se baissa pour remercier Agoze et Lizie d'un signe de tête. Lizie avait les yeux fixés sur Agoze et des larmes inondaient ses joues. Avait-elle compris ?

Désormais léger comme un papillon qui virevolte, Zikone tourna les talons et descendit pas à pas les marches de l'escalier qui menait à la maison. Pamani décida de le suivre.

Dans le salon de l'appartement, Zikone découvrit un courrier qui lui était adressé. Il l'ouvrit devant Pamani, le lut et le lui tendit. Le regard de Pamani se posa sur les couleurs du drapeau de la République et il comprit aussitôt que Zikone allait partir pour le service militaire. Ils se tinrent tous deux silencieux, les yeux dans les yeux, jusqu'à ce que le vieux Xeniko, le père de Zikone, sorte de sa chambre et découvre la nouvelle.

Agoze ne repassa pas voir Zikone ce soir-là. Ils ne se revirent pas avant le départ de Zikone sous les drapeaux et Pamani fut le seul à lui rendre visite, de temps à autre.

* * *

— Première classe Léon Tain Zikone, une lettre pour vous.

Cette soirée sortait de l'ordinaire. Après deux mois de classes, alors que son contingent allait être ventilé dans les différentes compagnies du régiment de Beynes, dans les Yvelines, Zikone recevait une lettre de chez lui. Il l'ouvrit devant son sergent, longea le long couloir qui menait à sa chambre et s'y enferma.

« ... merci, petit frère, de ta sincérité. Je ne suis pas venu te dire au revoir parce que j'avais honte de mon attitude à ton égard. Ça m'a permis d'ouvrir les yeux et de ne retenir que ce qui est bon pour la vie. Je suis retourné avec Isabelle. Nous lui avons fait la coutume de demande en mariage le mois dernier. Timothée, je l'ai reconnu, malgré l'opposition de la maman. Heureusement que le vieux Xeniko était là pour convaincre tout le monde pendant la cérémonie. On ne peut pas séparer l'enfant de ses parents, répétait-il sans arrêt, ça ne se fait pas.

« Sinon, voilà une autre nouvelle, accroche-toi bien... Pamani, la compagnie de nos virées, s'est mis avec Lizie. En ce moment, c'est le grand amour. Mais ça, comme dit la chanson que nous écoutions tout le temps dans nos virées, c'est encore une autre histoire...

« Ton grand-frère, Agoze, qui ne t'oublie pas. »

Zikone plia soigneusement la lettre avant de la ranger dans le tiroir de son casier, la tête pleine d'étoiles.

Puis il s'endormit.

Le vieux fusil

Un jour et sans que je sache pourquoi, Gué Justin[20] m'offrit son récit. Ses paroles coulaient comme de l'eau. Une source intarissable. Elle avait commencé sans que je m'en aperçoive, parlant sur le ton de la conversation, comme si elle me connaissait bien. C'est Célia, la cousine de mon épouse, qui avait provoqué notre rencontre sur le bord d'un parking, alors que nous faisions les courses. Gué Justin parla et parla encore, jusqu'à la fin de son histoire. À présent que les années ont coulé et que je me décide à mettre notre rencontre par écrit, j'éprouve un peu de honte. J'ai l'impression de violer son intimité. C'était un récit à la sauvette, juste pour moi. Mais je veux le partager. Car il m'arrive encore souvent de penser à Gué Justin, cette vieille dame aujourd'hui disparue. Son fils doit avoir mon âge, un demi-siècle d'existence, et je m'inquiète toujours de ce qu'il est devenu.

---

20 *Gué Justin* : grand-mère Justin, comprenez la grand-mère de Justin.

« Justin ? En fait, il est mon petit-fils parce qu'il est le fils de mon fils. Celui qui vit, enfin… qui a vécu avec une femme des îles Gambier. Mais Justin m'appelle maman. Les parents de ma belle-fille ne voulaient pas qu'elle se marie à mon garçon. Tu sais, le vieux des Gambier, il dit qu'il est roi chez lui, dans son île. Il disait toujours qu'il ne voulait pas avoir un gendre d'un rang inférieur à celui de sa fille. De toutes les façons, il nous considérait toujours comme des moins que rien. Au moment de l'accouchement, mon petit-fils est resté huit jours sans nom à la maternité. Le vieux des Gambier n'acceptait pas que sa fille porte le fruit de Grégoire, alors même que nous avions acté une coutume de pardon pour arranger la vie du couple. Pardon de quoi ? Personne ne sait. Personne non plus ne peut savoir qui a tort ou qui a raison. Personnellement, je n'ai jamais dit à mon fils d'aller courir après cette fille. Elle n'avait qu'à pas ouvrir ses jambes comme ça. Mais ça… on n'y peut rien. C'est les choses de la vie. Ces cœurs-là s'aimaient. Mais le vieux Pelenato qui avait accepté notre geste continuait de reprocher à sa fille de fréquenter mon fils. Pour lui, mon fils n'était pas du rang requis, selon la coutume de chez eux, pour prendre sa fille pour épouse. Moi, je n'y étais pour rien. C'était surtout mon mari qui voulait demander pardon. Et nous avons appelé Christian, le tonton des enfants, qui était aussi catéchiste, pour mettre une parole dessus notre coutume. Celui qui est au-dessus de nous tous voit le cœur de chacun.

« Mon fils Grégoire était le président d'Albatros, le seul club de football de la tribu. Un jour, alors qu'il était parti à vélo pour chercher un taxi pour nous amener au football, je portais Justin sur mes genoux. Il avait déjà fini de boire son biberon. Je lui chantais des berceuses pour le faire dormir, c'était *mwalu, mwalu, na yu ai*[21], oui, je me souviens.

« Bella, ma belle-fille, sortit de leur chambre à coucher pour me crier dessus. C'était sous la véranda. La dalle n'était pas tout à fait bien finie. Elle m'accusait de mettre de la discorde dans son ménage. Les paroles fusaient de sa bouche comme des flèches. Je n'ai pas compris grand-chose. J'avais seulement conscience qu'elle était hors d'elle. Ce n'était pas dans les habitudes de Bella.

— Tu vas voir ce que je vais faire ! me lança-t-elle dans son emportement.

« Elle disparut pour reparaître brusquement. Elle mit le canon du fusil calibre 16 sur la tête du bébé et appuya sur la gâchette. Comme ça. Sans même marquer un temps d'arrêt. Pour réfléchir ou pour autre chose, je ne sais pas. Il y eut un « clic », mais il n'y eut pas de « boom ». Le coup n'était pas parti. La Vie était de mon côté avec Justin. Bella pivota alors machinalement sur elle-même et retourna dans la maison, aussi rapidement qu'elle en était sortie. Au passage, j'ai aperçu dans sa main gauche quelque chose qui ressemblait à un briquet. Elle ne lâchait pas le fusil qu'elle tenait dans sa main droite. Je me suis alors dit qu'elle allait revenir pour nous faire la peau. Je voyais le

---

21 *Mwalu, mwalu, na yu ai : Lune, où vas-tu ?* Berceuse en cââc (langue de Pwéévo).

Diable en elle. C'était terrifiant. J'ai empoigné le petit instinctivement et je me suis sauvée dans les brousses pour me cacher. Je me suis mise à courir… à perdre haleine. Je suis sûre que, par moment, j'avais les yeux fermés. J'ai couru à en mourir. Je me voyais courir. Tu sais… Mon corps chauffait à cent ou plus. Je bouillonnais. Je ne voulais pas mourir. Le petit se cramponnait à moi. Oui, à mon sein, comme les bébés roussettes sous les ailes de leurs mamans. Tu sais ? C'était ma course. C'était pour la vie de Justin.

« C'est quand nous avons passé le creek *Le dernier amour* que j'ai entendu le coup de fusil. Une détonation sèche et étouffée. Je ne voulais même pas me retourner. Je courais toujours de toutes mes forces. J'avais très peur pour moi, mais surtout pour Justin. Nous sommes restés longtemps dans les brousses vers *Bel-Air*. Oh, tu sais, il y a une sacrée trotte pour arriver là-bas ! Il fallait passer par les propriétés des Blancs avec qui nous avions toujours des problèmes. Il y avait des chiens méchants dedans. Je m'en fichais. Je te parle de *Bel Air* parce que je me souviens des galets arrondis. C'était un abri de pêcheurs et de chasseurs, dans un rocher. Le rocher sacré. C'est le vieux *rocher-papa*[22] au clan Malili. C'est à eux, le rocher. C'est lui qui protège leur clan. Tu vois la tourterelle, celle qui a des plumes vertes et des plumes un peu marron ? C'est leur totem. C'est un peu elle, aussi, qui nous a protégés. Quand j'étais assise à même le sol, dans la petite grotte, deux tourterelles sont venues se poser à l'entrée, sur un grand tronc cou-

---

22 *Rocher-papa* : ce rocher est vénéré comme un esprit, un dieu pour le clan.

ché de bancoulier. Elles se sont posées en même temps sur la souche. Et puis elles ont encore donné quelques battements d'ailes et elles sont descendues sur le sol, à quelques mètres devant nous. Tout près de l'entrée de la grotte. À combien… deux mètres, même pas. Elles étaient là, je pouvais étendre ma main pour les toucher. Elles dodelinaient en poussant de petits cris. Justin, lui, il gazouillait. C'était comme s'ils communiquaient… Je ne sais pas moi, mais on aurait dit ! Et puis, d'un seul coup, j'ai senti quelque chose, comme une puissance, qui prenait possession de tout mon corps. D'abord ma tête, puis le reste. Tout ce que mes yeux percevaient s'enfuyait. Ça fuyait entre des œillères vers le lointain. Et je m'épuisais à mesure que je me vidais.

« Longtemps après, je me suis sentie bien. Très bien. La situation avait basculé. C'était passé de la tempête à l'accalmie. C'était un coup d'enchantement, je dirais. Oui. Le calme était revenu en moi. Une paix profonde. Je ne me souviens pas si j'ai eu peur de ce changement bizarre. J'ai pas eu le temps, je crois. Le petit, il babillait, maintenant que nous étions à l'abri. Il riait en regardant le couple d'oiseaux. Il leur tendait la main par moment. C'était étrange de les voir, mais cela m'a permis d'oublier. De tout oublier pour reprendre mes forces. Comme un coup de rafale qui revient dans les branches après l'accalmie dans une tempête, le froissement d'ailes des tourterelles, dans leur envol, m'a fait tressaillir. J'allais presque m'endormir, dans la torpeur de cette journée de novembre qui s'allongeait, avec les gazouillis de Justin. Et puis j'ai repensé à la maison, à Bella, au coup de feu… Le pire, c'est là-bas, je me suis dit. Mais, après ce moment d'apaisement, je sentais que mes forces étaient revenues.

« Certainement qu'après le coup de fusil, les chiens de la maison s'étaient mis à hurler à la mort. Maintenant, les chiens de la tribu leur répondaient. Il me semblait entendre tout ça depuis ma cachette, avec Justin. Quelque chose de grave s'était produit chez nous. Je pensais surtout à mon fils qui avait dû revenir de sa course à la tribu. La fille des Gambier l'avait buté. J'en avais la certitude, vu la détermination de Bella, face au bébé Justin et à moi-même. Je voulais résister à cette pensée morbide. Alors, je me suis mise à trembler. Je me suis mise à trembler si fort que Justin a manqué glisser de mes bras. Je ne pleurais même pas, je n'en avais pas la force. Je ne sentais plus mon corps. Je suais tout ce que je pouvais. Justin est alors devenu la force à laquelle je me suis accrochée. À ce moment-là, c'était ma seule raison de vivre. Cette pensée-là s'est mise à tourner et à peser sur moi. Elle était très lourde. Sinon quoi ? La vie pouvait glisser et s'échapper de mon corps d'un moment à un autre. Je savais que je ne pouvais pas la retenir. J'étais sur le point de la laisser filer, de m'en aller. Mais non ! La vie de la maison allait se reconstruire autour de Justin. Mon enfant. Mon fils. Mon petit-fils. Ma descendance.

« À notre arrivée, il y avait déjà des gendarmes et beaucoup de monde à la maison. Grégoire était assis sous la véranda, pétrifié, juste sur la chaise où je m'étais assise avec Justin. "Seigneur ! Il est vivant. Béni soit le Très-Haut", marmonnai-je en le fixant et en m'avançant vers lui. Je voulais le toucher pour m'assurer de la chaleur de son corps. Mon fils. Il était bien vivant, mais son regard était vide. Il ne se balançait même pas sur la chaise, comme à son habitude.

« Le corps de la maman du bébé était encore allongé sur le lit de leur chambre à coucher. J'entrevoyais le fusil sur sa poitrine, posé comme si elle lui donnait son sein. Le canon du fusil s'abreuvant du lait maternel qui dégoulinait sur tout le poitrail du cadavre. Les deux oreillers étaient tout imbibés de sang. Bella, elle n'avait plus ce joli visage de son île. Elle s'était donné la mort en se mettant une décharge de chevrotine dans la tête. Les pompiers et les autres agents de la sécurité rentraient et sortaient de la maison ; ils faisaient leur travail d'investigation. »

— Est-ce que tu as raconté tout ça à Justin ?

— Non.

— Et pourquoi ?

— Je ne sais pas. J'avais peut-être peur de sa réaction. J'aurais préféré qu'il apprenne son histoire par quelqu'un d'autre.

— Quoi ? Donc, tu es la seule à avoir vécu ce drame, c'est ça ?

— Tu as raison, et Justin, à cette heure-ci, n'est plus de ce monde.

— Tcha !

— Ben oui, lui aussi, il s'est mis une décharge de chevrotine… avec le même fusil qui a tué sa mère. Mais lui, c'est juste au-dessus du cœur qu'il a mis le canon.

— Une déception amoureuse ?

— Qui sait ? Il n'a pas laissé de paroles. Quand Philippe est entré pour sortir le cadavre de la maison en tôles où il dormait, il a trouvé des restes de bière et une cigarette à moitié entamée. Il y avait aussi un cahier de textes, avec une page gribouillée, devant le matelas. L'autre partie de la page avait été déchirée et arrachée. Deux bibles étaient ouvertes, l'une sur une chaise et l'autre pas loin d'où gisait le corps.

— C'est qu'il a quand même voulu expliquer son geste…

— Je suppose. Pour la page déchirée du cahier, oui. Mais les deux bibles ouvertes… ça n'a pas de sens. On lit la Bible pour nous aider à vivre. Pas pour nous aider à nous mettre une décharge de plombs dans la tête ou dans le cœur.

— Vous avez raison, Gué Justin.

— Mais ce qui me tracasse le plus, c'est l'histoire du fusil. Le fusil du vieux papa à nous. Ce fusil a déjà tué l'autre grand-mère de Justin. Son grand-père lui a tiré dessus. Après, il est parti se suicider au Camp-Est[23]. Après Bella, c'est Justin… Avant tous ces morts, connais pas.

— Et il est où, ce fusil ?

— Avec les gendarmes, bien sûr, mais j'ai déjà dit à Grégoire de le détruire par le feu, une fois qu'il l'aura récupéré de la gendarmerie.

— Et Grégoire, il a dit quoi ?

— Non.

---

23 *Camp-Est* : prison de Nouvelle-Calédonie située à Nouméa, sur la presqu'île de Nouville.

— Aïe ! Aïe ! Aïe !

Gué Justin, la petite femme de soixante-dix-sept ans, se tut. Elle ne me regardait même pas. Elle fixait seulement le noir du bitume. Elle remontait sûrement le temps vers cette époque où elle avait été la dernière à voir le visage vivant de la mère du petit Justin. Elle rêvait sûrement d'un avenir meilleur pour son petit-fils. Mais ce qui l'inquiétait certainement encore plus, c'était son fils qui ne voulait pas faire disparaître le vieux fusil.

Vers quatre heures et demie, lorsque Piliwe arriva au collège pour venir la chercher, Wazika avait déjà très hâte de partir. Elle l'attendait depuis une bonne heure. Elle partageait le faré de l'établissement scolaire de Tiéta avec quelques élèves dont les parents et les correspondants venaient de loin. Ils étaient surveillés par l'éducatrice de service.

— Wazika, OK, lança Mme Noémi depuis le bureau de direction, en cochant son nom dans le cahier de sortie.

Wazika prit ses affaires et descendit les escaliers pour rejoindre son père dans la voiture garée devant l'Abribus.

— Bonjour, Pa !

Elle alla ouvrir le coffre du gros 4X4, y rangea ses affaires et prit place sur le siège avant. La voiture démarra. L'éducatrice de service n'avait pas remarqué le deuxième sac que Wazika avait emporté avec elle. C'était celui d'Alesie, « la Vague », comme l'appelaient les autres élèves. Elle avait quitté le collège un peu plus tôt, en lui confiant ses affaires. Pas de papa, et une maman qui ne s'occupait pas d'elle.

Piliwe déposa Wazika devant la véranda de la maison. Il était presque dix-huit heures, mais le soleil était encore haut en cette longue journée de décembre. Wazika, que ses camarades surnommaient « la Bougeote », pouvait encore accomplir bien des choses avant la fin du jour. Piliwe repartit pendant que sa fille ramassait ses effets, posés à même le sol. Il n'y avait personne à la maison. Sa mère n'était pas encore rentrée des champs. Enfin… c'était ce que les parents disaient toujours pour justifier leurs retards et leurs absences. La chambre de ses frères, Cilako et Dralue, était toujours en pagaille. Sous la véranda, les deux vélos n'étaient pas à leur place. C'est la première chose que Wazika avait remarquée en arrivant. Ses deux frères étaient sans doute partis jouer sur le plateau sportif avec les enfants du voisinage. Elle fila droit dans sa chambre. Mais juste avant de s'écrouler sur son lit avec toutes ses affaires qui lui pesaient sur le dos, elle étala méticuleusement sa serviette de toilette par-dessus le couvre-lit. Elle se mit ensuite à genoux pour balayer d'un coup d'œil le dessous de son lit. Une habitude. Lorsque ses yeux se furent accommodés à la pénombre, Wazika sursauta devant ce qu'elle découvrait. Le téléphone sonna dans la chambre de ses parents. Elle sortit pour répondre et reconnut aussitôt la voix d'Alesie.

— Alesie, je ne t'avais pas donné ce numéro. Ce téléphone est à mon père. Il est dans la chambre de mes parents.

— Tu as raison, c'est ta mère qui me l'a donné. Elle savait que tu allais décrocher.

— Bon. Dis à maman que je vais arriver.

— On vient te chercher ?

— Non, dis seulement à maman de me laisser arriver.

Wazika raccrocha le téléphone et repartit dans sa chambre. Elle fit un détour par la véranda et cassa une tige sèche de rosier. Revenue à côté du lit, elle s'agenouilla et attendit une nouvelle fois que ses yeux s'accommodent à la pénombre. Elle se plia ensuite en deux pour scruter l'ombre que couvrait son lit. Puis, glissant la branche de rosier sur le sol, elle s'en servit pour piquer, un par un, les trois préservatifs usagés qu'elle avait repérés, afin de les ramener vers ses genoux. Elle n'était même pas en état de choc, comme le sont certaines personnes qui apprennent brusquement une mauvaise nouvelle. Car cela n'en était pas une. Elle savait depuis quelque temps qu'un de ses parents trompait l'autre. Lequel ? Wazika ne voulait rien savoir. Elle les aimait kif-kif. Elle mit les préservatifs dans une petite poche en plastique, qu'elle ferma d'un nœud, et sortit jeter son chargement dans la poubelle. Revenue dans sa chambre, elle donna un rapide coup de balai, puis se laissa enfin tomber pour un petit somme. Elle tenait absolument à ce que ses deux petits frères ignorent tout de la faute conjugale.

— Wazika, Wazika, réveille-toi. Nous, on a faim.

C'était la voix de Cilako.

— Vous avez déjà pris votre douche ? Allez vous doucher, je vous prépare quelque chose.

L'amour d'une grande sœur... Elle était comme une maman pour ses deux petits frères. Leur véritable mère ne leur accordait pas beaucoup d'attention et Wazika ne voulait pas qu'ils endurent ce qu'elle avait elle-même vécu dans le passé. Leur maman n'était pas très portée sur la vie de famille. Il suffisait de discuter une ou deux fois avec elle pour avoir une idée assez juste de qui était Mazalujë. Une cigarette éternellement à la bouche, elle parlait comme elle respirait, à tort et à travers. Des flots de paroles, à profusion. Elle avait réponse à tout. Elle connaissait beaucoup de monde, et faisait toujours mine de se rendre utile. Cela n'avait rien d'étonnant, compte tenu de la profession qu'elle avait exercée dans le passé. Quand Mazalujë partait dans ses bavardages interminables, Wazika craignait toujours qu'elle crache par inadvertance sur son interlocuteur. Elle leur coupait la parole sans s'en rendre compte. Son assurance et son besoin de parler lui permettaient de passer d'un sujet à un autre sans jamais s'interrompre. Un moulin à paroles.

Alors que Wazika surveillait les pommes de terre sur le feu, une voiture entra en trombe dans la cour et se gara juste devant la véranda, fulminant de musique. Wazika perçut la voix d'Alesie. Elle savait qu'elle allait venir la chercher.

— Wazika ! C'est moi.

Les enfants sortirent par curiosité. L'un d'eux prévint leur sœur qu'une fille qu'il ne connaissait pas l'appelait. C'était Alesie, sur le siège avant, cigarette aux lèvres.

— Et maman ?

— C'est elle qui m'a envoyée te chercher. Allez, viens, on démarre ! Là-bas, la famille de la fille[24] est déjà descendue de table. Ils sont retournés chez eux. Il y a de l'ambiance avec ceux qui restent. C'est choc, les mariages chez vous.

— Je vais d'abord faire à manger pour les deux petits. Je vous rejoindrai.

— T'assures pas, Wazika ! Je viens chez toi et tu ne viens pas pour faire la fête avec moi !

— Baisse d'abord ta musique, je t'entends mal.

— Je dis que c'est plutôt choc, les mariages, par ici chez vous.

— Allez-y avant, je vous rejoins. Dis ça à maman.

Et la voiture repartit, comme elle était arrivée. En coup de vent.

Wazika s'en retourna dans la cuisine pour piquer les tubercules qui bouillaient sur le feu.

— Ça y est ! Cilako, tu dis à Dralue que la table est prête.

Elle prit la marmite et la posa sur la table de la salle à manger.

— Allez, qui c'est qui commence ?

— Moi, dit Cilako. Et il entonna un chant pour rendre grâce.

Après un dîner sobre, ils partagèrent quelques instants à table, pour discuter de ce que la semaine avait

---

24 *La famille de la fille* : la famille de la mariée. Les invités pendant un mariage.

apporté à chacun. Wazika fut surprise d'apprendre qu'un mercredi après-midi ses deux petits frères avaient surpris leur maman avec un homme dans sa chambre. Quand l'inconnu était arrivé, la maman s'était empressée d'envoyer les enfants faire du vélo sur le terrain de tennis. « C'est pour réparer la lumière dans la chambre de Wazika que le monsieur est là », leur avait-elle lancé. Elle s'était alors enfermée avec lui.

Beaucoup trop de mercredis, et beaucoup trop de lumières à réparer, avaient fini par paraître curieux. Les enfants d'aujourd'hui n'ont pas la naïveté de ceux d'autrefois. Ils avaient fini par découvrir la supercherie. Quelques mercredis plus tard, quand leur mère leur avait dit – une fois de trop – que le monsieur arrivait pour réparer quelque chose dans la chambre de Wazika, ils avaient fait semblant de partir en s'empressant d'enfourcher leurs vélos. Mais ils avaient rapidement fait demi-tour pour aller se cacher derrière la maison. Puis ils étaient rentrés à pas de loup, attirés par les bruits suspects provenant de la chambre de leur sœur. Des bruits qu'ils avaient déjà entendus dans certaines séries télévisées. La scène, ils la vivaient en réminiscence. Lorsqu'ils avaient ouvert la porte, ils avaient vu leur maman dans les bras de l'inconnu. En vérité, les enfants avaient déjà idée de ce qu'ils allaient découvrir. Ils en riaient. Ils avaient détalé en riant de tout leur souffle. Ces bêtises d'enfant !

Les mercredis suivants, Mazalujë ne s'était même plus souciée de fermer la porte à clé. Cette forme d'activité était devenue régulière. Elle en tirait gain et jouissait de la sorte. Les problèmes de fin de mois n'étaient pas pour elle. Son mari faisait celui qui ne voyait rien. Et après tout, les enfants aussi en tiraient profit, à travers une augmentation de leur argent de poche.

Avant d'épouser le papa de Wazika, Mazalujë avait été serveuse dans une boîte de nuit de Nouméa. C'était justement là qu'ils s'étaient connus. À cette époque, la réputation de Mazalujë était sans égale parmi les militaires. Beaucoup d'entre eux venaient régulièrement dans son établissement pour profiter de ses services. Certains impatients la prenaient debout dans les recoins sombres du night-club. Palpitant ! D'autres préféraient la rejoindre dans un petit studio en ville qu'elle partageait avec une amie. Elle aimait à dire qu'elle n'était pas du genre « fille facile », mais, en vérité, elle n'était pas avare de générosité. Son tableau de chasse était incroyablement fourni. On la voyait toujours avec un homme différent.

On commença à dire qu'elle était hautaine. Cela, parce qu'elle avait fini par prendre les manières des personnalités de la vie civile et de la vie militaire qu'elle fréquentait. Il est vrai que certaines autorités agrémentaient le haut de son tableau. Mais elle n'était pas regardante et accueillait avec le même enthousiasme les hommes mariés, les célibataires, les hétéros, les homos ou les puceaux en manque d'expérience… Elle débordait d'activités.

Les mauvaises langues aimaient à faire semblant de se lamenter sur son cas, disant que ses mauvaises habitudes venaient du milieu où elle travaillait. D'autres encore, comme sa mère, jouaient la naïveté : « Mazalujë a des épaules assez larges pour tout supporter. » Sa maman ne parlait jamais de son activité lucrative avec elle. Elle se contentait de lui donner quelques paroles du Livre Saint et de la coutume, comme faisaient d'autres mamans qui voulaient se donner bonne conscience. Ce qu'elle entendait dire sur sa fille ne comptait pas, l'essentiel était qu'elle soit débordante de vie et qu'elle ne vienne pas pleurnicher dans son giron. Car Mazalujë amenait toujours de la joie quand elle arrivait chez ses parents pour y passer le week-end, chaque fin de mois.

Elle donnait même la main à sa maman pour gérer les inscriptions et la cantine des autres enfants. De son côté, la jeune serveuse savait pertinemment ce qu'on disait d'elle. Elle s'en moquait et menait sa vie à grand train. Elle alimentait les ragots dans les soirées de jeux de cartes à la tribu. Mais elle savait qu'elle pouvait compter sur les longs bras et les énormes seins de sa mère, dans lesquels elle venait se blottir quand rien n'allait plus. Une seule chose lui tenait vraiment à cœur, quels que puissent être le nombre et l'intensité de ses aventures : ne pas tomber enceinte avant le jour de son mariage. Et sur ce point, elle ne fut pas prise en défaut et n'eut même jamais recours à une IVG, comme certaines de ses amies.

Après le mariage, Mazalujë avait quitté Nouméa pour venir vivre dans le Nord. Dans son entourage, on murmura aussitôt que madame aurait des difficultés à s'adapter au rythme de vie de la tribu. De fait, Piliwe ne tarda pas à quitter Xujo et sa famille pour s'installer au village. Ce compromis faisait partie des promesses qu'il avait faites à sa future épouse avant le mariage. Propriétaire de deux camions, Piliwe traitait des contrats de roulage avec la SMSP. Les revenus qui en découlaient permettaient à madame de ne pas trop décrocher du rythme de vie qu'elle avait connu dans la capitale, du moins au niveau de la prestance. Le dimanche, quand l'ex-citadine allait à la messe, c'était pour sortir de la maison. Elle choquait le village par ses comportements et ses tenues. Les ragots se faisaient l'écho de ses sorties. Elle se montrait davantage pour sa toilette que pour prier le Bon Dieu, disait-on. On ajoutait – surtout parmi ses belles-sœurs jalouses – qu'elle profitait de son mari et qu'elle était toujours volage. Mazalujë savait tout cela et s'en fichait. En la regardant bien dans les yeux, on devinait la beauté exceptionnelle qui avait été la sienne autrefois. Cette sorte de beauté qui résiste mal aux effets de l'alcool, du tabac et des nuits trop agitées.

Peu de temps après que le couple avait déménagé au village, Piliwe s'installa dans une routine méticuleuse. Chaque jour, après ses deux voyages dans le massif minier, il allait, comme un métronome, laver son camion au creek du Pandanus. Une demi-heure après, il garait son engin devant la maison et prenait sa petite voiture pour rejoindre les autres conducteurs de camions et d'engins miniers au nakamal *Green Light,* attenant à la station, près de la route principale. Beaucoup de monde venait là. Une faune de mâles débordants de vigueur. Sous une apparence festive, l'ambiance avait souvent tendance à sombrer dans la morosité, alourdie par le poids de la routine et de la lassitude des longues journées de travail.

Il fallait tout de même tenir son rang, entre gens du métier. Chacun tentait de se montrer vaillant et de masquer jusqu'au moindre signe de faiblesse. Dans les discussions, il n'était pas question d'étaler ses problèmes, synonymes d'incapacité et d'impuissance. On ne parlait que de réussite, de négoce de contrats entre les clans du massif minier et les clans du bord de mer. Depuis peu, on aimait aussi se vanter de ses petites conquêtes. Beaucoup de jeunes filles, qui avaient fui l'école à la fin du collège et du lycée, avaient fait de Vavouto leur bite d'amarrage. Elles y trouvaient l'aubaine de quelques pièces. Un travail peu ragoûtant, mais les petits boulots satisfont le bas peuple. Elles devenaient des proies toutes désignées pour ces messieurs en quête d'aventures. Elles finissaient alors comme filles de joie, sujettes à des pratiques inspirées des revues et des films pornographiques que les hommes s'échangeaient sous le manteau, au fond du nakamal. C'était aussi là que les gens du métier se refilaient le numéro de Mazalujë, la maman des enfants de leur collègue Piliwe.

Une nuit, Piliwe ne parvint plus à faire semblant. Il se jeta sur Mazalujë pour exorciser sa colère. Sa main puissante s'était enroulée dans sa tignasse, l'autre tenait un poteau qu'il avait arraché du jardin. Il était à deux doigts de la tuer, submergé par sa jalousie. Mazalujë pleurait sans faire de bruit. Il l'avait traînée sur les genoux hors de la maison. Elle ne s'était pas débattue.

Juste avant de porter son coup, Piliwe la regarda dans les yeux et vit qu'elle allait se laisser mourir.

— Fais-le ! dit-elle.

Puis elle laissa couler le temps pour qu'il comprenne qu'elle était prête. Mais il ne se passa rien. Toujours accroupie sur le sol, elle finit par rompre le silence pour lui rappeler les promesses qu'elle lui avait faites.

— Quand on s'est mariés, Piliwe, tu savais la vie que je menais. Pour rien au monde, je ne l'abandonnerai. J'ai même juré sur la tête de l'oncle de nos enfants, Inegit. On en a parlé et tu étais d'accord, sinon on ne se mariait pas. Tu sais que Wazika, Cilako et Dralue, ils sont bien de toi. Tu m'as même obligée à faire ce fichu test d'ADN. Ma parole ne te suffisait pas pour dire que nos enfants sont bien de toi. Je ne suis pas la tige de roseau creuse à laquelle ta mère compare les femmes infécondes. Tes frères n'ont pas de gosses, tes sœurs non plus. Des puits à sec. Et maintenant, qu'est-ce que tu veux ? Ma mort ? Alors, tue-moi ! Ma vie, je te l'ai déjà donnée. Ma mort aussi. Je suis devenue morte à l'instant où tes sœurs sont venues me détacher et m'arracher à mon clan[25], à l'heure même où les cloches ont sonné[26] pour moi, chez toi. Dans ton église.

---

25 *Ils sont venus m'arracher à mon clan* : évoque la coutume selon laquelle les sœurs de l'époux allaient détacher l'épouse et l'amener avec elles dans leur clan.

26 *Les cloches ont sonné* : pour célébrer le mariage. La religion a une très grande place dans le quotidien de la tribu.

Le poteau que tenait Piliwe tomba sur le sol dans un bruit mou, juste à côté de Mazalujë. Ils le fixèrent tous les deux. C'était un cœur de gaïac noir. Lourd. Et le cœur de Piliwe était, lui aussi, noir et lourd. Amorphe, anéanti, il n'était plus un homme.

Il resta planté là où il était, seul et immobile comme un rocher devant la maison, tandis que Mazalujë, couverte de boue, se relevait lentement. Elle resta un instant face à lui, hésitante, puis, voyant qu'il ne bougeait pas, alla se doucher et se changer. Lorsqu'elle revint lui parler, elle vit qu'il ne l'entendait pas. La nuit était bien avancée. La grande nuit des révélations. Elle ramassa le poteau de gaïac et le jeta au fond du jardin. Puis elle le prit par la main et s'efforça de le ramener dans leur chambre. Il marchait comme un vieillard égaré, ne répondant toujours pas à ce qu'elle lui disait, avançant comme un automate. L'esprit de Piliwe s'était noyé dans son désespoir. De son côté, elle commençait déjà à oublier la scène qu'ils venaient de vivre. Entre elle et lui, c'était le jour et la nuit, comme aimaient à le crachoter les commères.

Lorsqu'ils parvinrent sous la véranda, Mazalujë fut surprise d'entendre la voix de Wazika. Sa fille avait été réveillée par un coup de téléphone d'Alesie.

— Elle dit que c'est toujours la fête à la tribu. Elle veut savoir si nous, on y va…

Mazalujë mit beaucoup de temps à répondre. Wazika était intriguée. Ses parents se tenaient par la main, la maman conduisant le papa dans la chambre à coucher. Wazika sortait à peine de ses rêves. Elle s'était endormie en faisant la nounou pour ses deux petits frères. Elle n'était pas sortie de la maison pour rejoindre Alesie. Mazalujë s'aperçut de l'étonnement qui avait saisi sa fille.

— Ton père a un peu trop bu. Mais ça va aller, je m'en occupe.

C'était conforme aux habitudes. Elle pressa Piliwe pour qu'il avance plus vite. Elle ne voulait pas éveiller des soupçons chez sa fille.

— Il n'arrive plus à marcher seul depuis son retour du nakamal, ajouta-t-elle.

Wazika ne répondit rien. Elle les suivit jusqu'à la porte de leur chambre, comme si elle voulait leur demander quelque chose. Mazalujë sentit sa défiance et biaisa instinctivement :

— Alesie est une petite bâtarde morveuse, avec de mauvaises manières. Il ne faut plus la fréquenter. Laisse-la où elle est. Elle sait ce qu'elle veut. Toi, ma fille, tu n'es pas comme elle. Rentre dormir.

Puis elle pressa un peu plus Piliwe pour le faire disparaître dans leur chambre. Aucune note discordante dans son timbre. Elle avait parlé d'une voix douce et apaisante, comme seules les mamans savent le faire. Lorsqu'elle eut refermé la porte de leur chambre, Wazika demeura dans le salon, devant la photo de mariage de ses parents.

La photo encadrée avait été prise juste après le service militaire de Piliwe. Les deux époux avaient beaucoup changé. Wazika devait l'admettre, son papa vieillissait mal. Tout le monde le disait. Piliwe était sujet à toutes les maladies des temps modernes, la goutte, le diabète, la tension… la liste était sans fin. Il se laissait aller ! L'image de Piliwe, l'entraîneur du club de football de la tribu, était enterrée depuis longtemps. Adieu, le superbe athlète ! À ses côtés, sur la photo, Mazalujë était d'une beauté à couper le souffle. Était-elle encore belle ? Plus vraiment. Elle demeurait pourtant l'objet de toutes les convoitises. Elle en jouait et Piliwe le supportait de moins en moins. C'était peut-être cela qui le rendait malade.

Wazika alla se coucher.

Le lendemain, sous le faré de l'école, Wazika sursauta lorsqu'Alesie vint récupérer ses affaires, d'un air fâché. Elle lui reprochait de ne pas s'être rendue au mariage pour lui tenir compagnie. Wazika s'excusa et accepta d'aller fumer avec elle, en cachette derrière les toilettes. Elles étaient impatientes de reparler de la soirée du mariage. Surtout Alesie. Entre deux bouffées de cigarette, elle déroula tout ce qu'elle avait vu et entendu la veille, devant la maison des parents de Wazika. Celle-ci se taisait. Elle laissait entrer la vérité en elle, pour mettre fin aux doutes qu'elle entretenait depuis quelque temps. Elle ne se demanda même pas comment Alesie avait fait pour être témoin de cette scène. La jalousie de son père ne l'étonnait pas, pas plus que la conduite libertine de sa mère. La discordance à la maison, elle s'en faisait une raison depuis longtemps. La contrainte l'avait poussée à grandir vite et à prendre la place de Mazalujë pour tenir le foyer. L'amour lui donnait la force de tout dépasser. De son côté, Alesie s'étonnait que Wazika ne soit pas davantage tourmentée par la révélation qu'elle venait de lui faire ni par les détails scabreux sur lesquels elle avait insisté. Et elle insistait ! Wazika restait imperturbable. Mazalujë et Piliwe, elle les aimait. Elle les aimait d'un amour simple. Un sentiment qu'elle ne comprenait pas, mais qu'elle éprouvait aussi pour Cilako et Dralue. Sa fibre maternelle lui permettait de faire face aux besoins de son existence et d'aplanir toutes les difficultés. L'amour est sans limites.

Quand la voix de Mauricette fusa pour avertir que Mme Noémi arrivait, Alesie écrasa sa cigarette contre le mur et se leva précipitamment. Alors que les deux filles s'apprêtaient à rallier le dortoir, Wazika retint son amie par le pan de son linge. Elles se rassirent et, les yeux dans les yeux, Wazika remercia Alesie pour ses révélations. Elle savait que sa maman volage attristait tout le clan de son papa. Les tantes, surtout, en étaient scandalisées. Mais tout cela comptait bien moins que l'amour et l'admiration que Wazika portait à sa mère.

Elle s'accrochait avec énergie à l'idée qu'elle était bien la fille de son père. C'était comme un dialogue renoué qui lui apaisait l'esprit et qui lui donnerait la force de se tenir droite dans la cour d'école, et surtout à la tribu. Ces propos que lui avait rapportés Alesie, elle en avait besoin, énormément besoin.

Le jeudi de la même semaine, le conseil de classe statua sur les résultats scolaires du deuxième trimestre. Le professeur principal avait inscrit le nom de Wazika dans le groupe d'élèves sur lesquels il n'avait pas beaucoup d'idées. À ses yeux, elle n'était pas vraiment bonne, sans toutefois poser de problèmes importants. Une « fiente de poule », comme le disait l'expression : ni trop blanc, ni trop noir. Passable et sans goût pour un pédagogue. Elle était vue comme une élève sans histoires. Sa présence brillait par son absence. Son silence témoignait d'un manque d'intérêt. Son esprit était ailleurs. Ce trimestre, tous les profs en étaient déçus : ses résultats étaient en baisse. Ils attendaient mieux de sa part. Le professeur principal, plus que les autres, savait que cette élève pouvait obtenir de meilleurs résultats. Il lui fallait seulement sortir de son monde. Il la soupçonnait d'avoir un bon potentiel et il espérait qu'elle finirait par le révéler. Mais pour le moment, de toute évidence, elle misait ailleurs. Sans dépit et sans désespoir, il finit par écrire que Wazika pouvait mieux faire. Une observation passe-partout. Il savait pertinemment que les parents ne viendraient pas à la journée de remise des bulletins et qu'ils n'y jetteraient pas un œil. À quoi bon passer du temps dessus ? Dans les tribus kanak, futurs ghettos de Vavouto, l'idée que les gens se font de l'école n'a pas évolué depuis des générations. La mission ! Certes, elle a fait mouche… pour les enfants des cadres. Mais pour la Kanaky, elle demeure toujours un grand défi.

Le prix de la parole

*L*e dernier soir de la fin d'année, comme de coutume, les garçons et les filles de la tribu devaient traverser Hunöj[27] pour souhaiter la bonne année dans chaque foyer. Toute la jeunesse se retrouvait alors pour chanter d'un bout à l'autre de l'artère principale. Chaque groupe de jeunes était dirigé par un responsable, un homme plus âgé, qui nommait un représentant chargé d'aller dans chaque maison afin d'offrir des présents généralement composés de deux billets accompagnés de tissus, d'une robe ou d'autres effets. Pendant que son représentant visitait les familles, le reste du groupe, toujours sous la tutelle de son responsable, entonnait des chants folkloriques et religieux.

Tout cela se passait dans la joie et la bonne humeur. Certains jeunes avinés dansaient. Un cri tranchait parfois le silence nocturne avant de fuser vers ciel. Dans

---

27 *Hunöj* : une tribu installée en bord de route qui s'étend sur environ quatre kilomètres.

chaque case, le parent éveillé préparait le contre-don[28]. Les jeunes rentraient souvent à la suite de leur représentant et saluaient la famille en leur criant : « *Bonané*[29] ! »

Lorsque le représentant avait offert les présents, en y ajoutant quelques paroles de remerciement et d'encouragement – sans oublier la bénédiction du Très-Haut –, le chef de famille leur remettait en retour ce que la maison avait préparé pour la circonstance : une robe, un tissu avec un billet de banque… Et quelquefois, pour associer la famille à la joie débordante que les jeunes de l'île manifestaient à cette occasion, une bouteille d'alcool était glissée au milieu du reste. C'était évidemment ce que les jeunes hommes espéraient à chaque fois, et cela expliquait en bonne partie l'enthousiasme qu'ils mettaient dans leur participation. Les jurements et les débordements de ceux qui étaient restés sur le bord de la route en témoignaient.

Honni soit qui mal y pense, ce genre de cadeau était parfaitement adapté aux circonstances. Les notables fermaient leurs yeux sur cette sorte de présent. Ils disaient que la nouvelle année n'avait pas lieu tous les jours et que les jeunes de la tribu n'avaient pas souvent l'occasion de boire. À cette époque-là, seuls les garçons buvaient. Il était tout bonnement inconcevable d'imaginer une fille boire.

---

28 *Contre-don* : pour chaque don offert dans le cadre de la coutume, le bénéficiaire doit offrir un contre-don, souvent symbolique.

29 *Bonané* : bonne année.

Une fois que la parole qui accompagnait la coutume avait été prononcée, une fois que le protocole était parfaitement achevé, les garçons et les filles qui étaient venus voir la famille rejoignaient le reste du groupe sur la route. Ils leur montraient alors la coutume remise par la maison visitée. Un autre groupe se préparait pour aller souhaiter la bonne année au foyer suivant, tandis que la jeunesse levait l'ancre pour aller se poster une centaine de mètres plus loin.

Ils n'interrompaient pas leurs chants qui s'enchaînaient l'un après l'autre sans répit. Leur répertoire était immense et leurs voix portaient loin. Tout le monde chantait.

* * *

Quelques heures plus tôt.

Âgée de seize ans, Hnanuë incarnait la parfaite adolescente. Elle sortait de l'école protestante de Hnaizianu[30] et se destinait à une carrière de secrétariat, la même rengaine toujours sur les lèvres : « Je travaillerai dans un bureau et j'aurai une voiture. Enfin, j'aurai une situation. Je ne serai pas comme Nyinetrem, mère de famille à quatorze ans. »

Hnanuë parlait sans savoir, sans avoir eu le temps d'assimiler tous les mystères et les caprices de la vie.

---

30 *Hnaizianu* : à l'époque, Hnaizianu était un internat pour jeunes filles.

Elle parlait comme elle avait grandi : trop vite. À la maison, sa famille trouvait toujours son talon d'Achille pour l'humilier lorsqu'elle ne voulait pas obéir. Mais il n'y avait sans doute personne au monde capable d'absorber un reproche aussi rapidement qu'elle.

Certains garçons de la tribu avaient des vues sur elle. Hnanuë en était bien consciente. Quelques-uns avaient même élaboré des stratégies d'approche, mais ils devaient toujours s'en retourner seuls dans les brousses. Les enchères augmentaient de jour en jour. Quelles enchères ? On l'ignorait, mais à la tribu, les malheureux n'osaient même plus croiser le regard de la belle. Les petits flirts alimentaient toujours les histoires qui se racontaient dans les soirées de bingo et de jeux de cartes. Les mal-aimés souffraient beaucoup de leur amour blessé. On évitait désormais de se faire rabrouer par la belle inaccessible.

— Alors, tu ne vas pas souhaiter la bonne année ?

C'était Lueluz qui arrivait. Elle venait rejoindre Hnanuë dans sa maison, afin de laisser couler le temps qu'il restait avant la messe de minuit. Sous le préau du marché, à quelques centaines de mètres, d'autres jeunes attendaient aussi. Hnanuë les contempla de son regard faussement indifférent, sans prendre la peine de répondre à Lueluz.

La lune pleine était déjà haute. Aucun nuage ne filtrait le scintillement de toutes les étoiles de l'azur. Il faisait frisquet.

— Attends, j'ai oublié le plus important, dit soudain Hnanuë.

— Quoi ?

Sans un mot, elle se mit à fouiller le fond de sa valise. Il ne lui restait plus que quelques provisions, au retour de l'internat.

— Tiens. T'en veux ? C'est ce qui me reste de Hnaizianu. On sortait le mercredi chez le vieux Moka. On se cotise pour acheter ces cochonneries.

— Aïe ! J'ai mal aux dents. En plus, je n'ai pas l'habitude de garder longtemps le chewing-gum dans la bouche, dit Lueluz.

— Moi, c'est pour l'haleine.

— Oh ! On s'en fout. Les garçons nous aiment ou nous détestent avec ou sans chewing-gum. Vous avez toujours quelque chose en plus, vous qui arrivez des écoles. Des feintes qui vous collent justement dessus comme ces chewing-gums. Ici, on n'a pas le temps de penser à tout ça. Le parfum, c'est suffisant. On fait psitt, psitt et c'est bon. Et les garçons, c'est pas le chewing-gum qu'ils visent. Ha, ha !

Lorsqu'elles sortirent de la maison, Hnanuë pria Lueluz de l'attendre chez la grand-mère.

— Je te rejoins tout à l'heure.

— Tu vas sortir avec Ciliko, hein ? demanda Lueluz. Je savais ! C'est ce que je voulais te demander tout à l'heure en venant te chercher. Écoute, je ne vais pas aller chez grand-mère Thinga, je t'attends plutôt devant le monument, à côté de l'église. Les autres filles me verront et je leur dirai que tu ne vas pas tarder à arriver.

Hnanuë était à peine sortie de la zone éclairée qui entourait sa maison que Ciliko fondit sur elle comme un coq sur une poulette. Il releva sa robe mission par-derrière, ôta son slip sans ménagement et la pénétra aussitôt. Hnanuë ne se débattit même pas, ne cria pas, ne chercha pas à s'enfuir. Elle voulait aussi prendre plaisir à cet acte qu'elle découvrait pour la première fois et qui hantait ses pensées. Cet homme, elle le désirait.

Mais Ciliko la maintenait contre terre et continuait de la labourer sans douceur pour assouvir son désir. Hnanuë sentait son sexe la défoncer. Il était désormais en elle. Il remuait tout son intérieur de ses allées et venues. Il l'emplissait. Sa tête même explosait. Un, deux, trois. C'était fini. C'était l'amour. À son balbutiement. Elle découvrirait peut-être plus tard qu'un véritable couple s'arrange pour le faire durer le plus longtemps possible en y mettant des sentiments.

Une fois le geste accompli, Ciliko pressa la jeune fille contre terre en s'appuyant sur elle des deux mains. Puis il se redressa et s'ajusta sans façon. Il s'apprêtait à rejoindre le groupe de jeunes qui attendait.

— Passe par ce sentier, toi. Moi je vous rejoins plus tard, au préau du marché. Ne dis à personne que j'ai fait ça avec toi.

Hnanuë s'engouffra dans le sentier. « *Hnanuë sort avec Ciliko. Hnanuë, c'est moi !* » se répétait-elle en rengaine. Elle allait raconter ses premiers ébats aux autres filles de son âge. Elle était heureuse, du moins elle s'efforçait de le croire.

Ciliko ne faisait pas cas de ce qui venait de se passer. Il avait d'autres relations et n'avait pas à fatiguer sa pensée pour une gamine. Hnanuë accommoda sa tenue avant de rejoindre Lueluz.

— Et ton châle ? demanda Lueluz.

Dans la précipitation, Hnanuë l'avait oublié sur le sol où elle avait perdu sa virginité. Mais ce n'est pas ce qu'elle raconta à son amie.

— Tu sais… il me l'a demandé. Hou là là, c'est toujours comme ça ! Il aime bien prendre mes affaires. Des hommes comme lui, c'est comme ça !

— Hnanuë, j'ai peur ! Tu sais pas que Ciliko a déjà une copine à Hunöj ?

— Si. Mais il m'a dit qu'ils ne sortaient plus ensemble.

— Oh ! Les garçons, ils sont tous pareils. Ils disent les mêmes paroles quand ils ont envie de coucher avec une fille. C'est bien connu. Et puis, tu sais, il est papa de…

— Je m'en fous ! Allez, on s'en va, conclut Hnanuë.

Les deux adolescentes n'avaient pas encore l'âge d'aborder la question des sentiments. Cela viendrait plus tard. Elles allèrent retrouver la compagnie des autres jeunes sous le préau qui servait de marché aux femmes de la tribu. Il y avait très peu de lumière. On restait dans le noir. La clarté de la lune suffisait amplement.

Chaque fois que quelqu'un se joignait au groupe, on allumait une torche pour se faire voir et on orientait le nouvel arrivant vers le responsable. Ce dernier remerciait le nouveau venu pour son *qëmek*[31] qu'il montrait ensuite au reste du groupe.

---

31 *Qëmek* : geste coutumier qu'on fait lorsqu'on arrive chez quelqu'un pour un travail ou pour la première fois.

— Lueluz et Hnanuë, avez-vous pensé à votre participation pour la bonne année aux parents après minuit ? demanda Simelem.

C'était l'un des jeunes garçons qui secondait le responsable du groupe. Umenë, campé dans son rôle de chef, ne disait rien. Il avait donné ses directives. Il se contentait de vérifier qu'elles étaient bien exécutées.

— Regarde, répondit Lueluz. Voilà le tissu et une robe que j'ai déjà donnés à Umen. N'est-ce pas suffisant ? À chaque fois, c'est les mêmes qui apportent les présents. En plus, c'est toujours les filles qui donnent le plus. Vous, les garçons, vous apportez des billets de banque, mais pas de tissu. Voilà Umen, c'est lui qui a reçu mon *qëmek*. Moi, j'écoute Umenë. Je ne t'écoute pas, toi.

— Lueluz, je t'interdis de parler sur ce ton ! Tu vas ramasser tes dents par terre tout à l'heure !

Le ton était monté brusquement. Ces deux-là ne s'aimaient guère. Et, pendant que Simelem continuait de grogner des menaces, Seijol, un autre garçon, s'était déjà levé dans le noir. Il s'était approché de Lueluz qui continuait à tenir tête à Simelem, et lui allongea adroitement son pied dans les côtes.

La fille se retrouva sur le sol sans avoir eu le temps de jeter un cri.

Malgré l'obscurité, Hnanuë comprit aussitôt ce qui se passait. Elle était tentée d'intervenir, mais se retint instinctivement.

D'autres coups plurent sur Lueluz. On percevait seulement le bruit sourd des coups de pied et de main de Seijol. La violence était habituelle chez lui. Le devoir et le droit de l'ordre générationnel[32] légitimaient l'usage qu'il en faisait ce soir-là. Personne ne parlait. Lorsque les coups cessèrent, un silence mortel retomba sur le groupe, comme si la nuit était soudain devenue lourde.

Au bout de quelques minutes, les torches s'allumèrent une à une. On vit Seijol, le front en sueur, qui semblait s'apprêter à reprendre sa correction. Quelques garçons se levèrent alors pour aller le calmer. Parmi eux, certains blancs-becs voulaient se mettre aux côtés de Lueluz et défier le pugiliste. Des cousins de sa famille très proche. Autant pisser dans le vent. La conscience tribale donne toujours raison aux hommes. Ils sont les décideurs du groupe. Les filles n'ont qu'à pas ouvrir leur bouche, même quand la raison parle pour elles.

____

32 Les jeunes se donnent des leçons de vie entre eux, dans leur classe d'âge.

Pour la toute première fois, chez Gaijoli

La case où Iengenë devait se donner pour la première fois à son mari, Catreie, avait été préparée pour le soir du mariage.

Conformément à la coutume, deux femmes âgées du clan de la famille de Catreie étaient prêtes pour assister les époux dans l'épreuve véritable : s'assurer de la virginité d'Iengenë. Si aucune arrogance n'avait altéré l'intégrité de l'orifice vaginal, voie par laquelle devait passer la tête de l'héritier, le clan du mari verserait une somme d'argent et quelques ignames supplémentaires aux parents de la fille en récompense de sa pureté préservée. Le mouchoir blanc, taché du sang virginal, serait montré aux autorités claniques qui attribueraient la qualité de « vraie fille » à Iengenë. Ces personnes garantes de la paix du clan donneraient leur bénédiction le lendemain du mariage, sous la tonnelle, devant les notables des deux familles réunies. Iengenë serait alors sujet d'admiration ou de raillerie. Il valait mieux pour elle qu'elle n'ait pas connu d'aventure avant le mariage. Si c'était le cas, les belles-sœurs et la belle-mère, censées assurer l'acceptation d'Iengenë par sa nouvelle famille, se transformeraient en véritables bêtes féroces pour l'avilir.

Sitôt la remise de cadeaux terminée, Huline, le responsable du mariage, fit venir le futur époux.

— Appelle Iengenë et partez voir Copa *qatr*[33], c'est elle qui a la charge de vous apporter le coco vert[34]. N'oublie pas de lui remettre le mouchoir.

Catreie regardait fixement le sol, fuyant obstinément le regard du grand frère. Un sourire forcé déchira son visage et révéla le mal-être du jeune marié qui doit subir son examen de passage vers le monde conjugal. D'autres générations avaient connu cette épreuve ardente bien avant lui.

Chez Gaijoli, Copa *qatr* et Yaella *qatr* s'installèrent sous la tonnelle et le couple entra dans la case.

Il était environ cinq heures de l'après-midi.

Là-bas, à la maison commune, tout le monde continuait de manger, la musique ne s'arrêtait plus. Quelques démonstrations d'excès de boisson et de règlements de

---

33 *Qatr* : vieux, vieille en langue drehu. Cela n'a rien de péjoratif, le mot exprime le respect vis-à-vis de la personne âgée ou jeune.

34 *Apporter le coco vert* : autrefois, les vieilles femmes apportaient un coco vert aux époux qui allaient s'unir pour la première fois. Le coco vert n'a pas encore produit la chair qui tapissera plus tard ses parois, mais il est empli d'un jus qui contient tous les éléments nécessaires pour cela. Aujourd'hui, « apporter le coco vert » peut être compris comme synonyme de « tenir la chandelle ».

compte avaient déjà commencé, à la très grande joie des enfants.

La nuit promettait d'être longue.

Dans la case, Catreie et Iengenë tentaient de s'apprivoiser l'un l'autre. Ils n'osaient pas encore s'adresser la parole, se fuyaient du regard, terriblement gênés par leur situation, se tenant de part et d'autre du foyer où le feu continuait de brûler dans sa cendre.

Dehors, l'attention des deux vieilles était toujours fixée sur la porte mi-close de la case.

Le silence devint lourd. C'est Iengenë qui se risqua à le briser :

— Pourquoi avoir été jusqu'à Jokin pour me demander en mariage ?

— Il faut demander à Hnepehni, la femme à Iwedr. C'est elle qui a donné l'idée à son mari, le groupe a suivi. Ce n'est pas triste, personnellement, je suis heureux de son choix. Tu parais belle, et tout le monde aussi le dit. À Hunöj, les gens disent que Hnepe a eu une bonne idée. Elle t'avait déjà à l'œil depuis qu'elle t'a rencontrée à la kermesse de Havila. Tu es sa cousine, n'est-ce pas ?

— Par alliance. Nos pères s'estiment. Ils ont fait partie d'un même contingent pour le service militaire. J'aime bien Hnepe. Elle vient toujours à la maison pour souhaiter la bonne année aux deux vieux. Quant à Iwedr, il a plaisanté une fois avec moi sur la route. Il disait qu'à Hunöj, il n'y a que de beaux garçons. Ensuite, il a dansé trois coups. J'avais tout de suite compris que c'était lui le mari de la cousine. Iwedr était en compagnie d'autres garçons de ta tribu. Il y avait aussi Elia, celui qui est allé faire ses études en France. Je ne savais pas qu'il était de ma famille. Il est arrivé avec sa mère à la journée de préparation, quand mon père a réuni tous les gens invités pour notre mariage.

Iengenë fut heureuse d'avoir osé parler.

Elle savait ce que les gens attendaient d'elle ce soir-là. Beaucoup ! À Jokin, sa mère et les autres mamans lui avaient déjà expliqué ce que pouvait être le mariage dans la coutume. Par leurs plaisanteries, toutes les mères, les tantes et les mamans de la tribu l'avaient plus ou moins éclairée sur ce qui se passerait. Certaines lui avaient même raconté leurs premiers ébats avec leur époux. Mais rien n'aurait pu la préparer vraiment à ce qu'elle vivait là. La perspective de ce moment la troublait depuis le soir où elle avait accepté le geste de demande en mariage. Elle ne devait pas trembler. C'était son Catreie, celui qu'elle devait honorer. Il fallait l'accueillir, lui montrer qu'elle l'acceptait et se réjouissait de leur future vie commune. Auparavant, aucune relation n'avait fait battre son cœur pour l'éphémère et l'inutile. Ce soir, après les discours de mariage, tous les secrets des mères de Jokin étaient revenus dans son esprit. Il lui fallait sortir de sa réserve et oser. Montrer à Catreie qu'il ne s'agissait pas seulement d'un devoir, mais aussi d'une preuve d'amour, même si elle ne l'aimait pas encore tout à fait.

Alors, elle osa.

Elle invita Catreie à venir la rejoindre de l'autre côté du feu. Là, où les vieilles mamans de la tribu avaient déposé un matelas et un drap blanc. Le matelas n'était pas une possession de la maison, il avait été amené pour l'occasion. Le large lit de marque du grand cousin qui travaillait à la banque avait été dépouillé. Cemeleso avait proposé son lit à Huline qui, lui-même, avait transmis l'idée à la maman du jeune époux.

— Catreie, je n'ai jamais eu de relation. Il paraît que c'est très douloureux. J'accepte parce que cette douleur vient de toi. Tu feras en sorte que je n'en souffre pas trop. Ce soir et tout le reste de ma vie. Promets-moi.

Iengenë pleurait.

Elle s'allongea sur le drap blanc qu'elle avait pris soin de déplier. Elle se dévêtit et invita Catreie à venir sur elle. Lui l'avait rejointe et ne parlait pas. Il avait du mal à réaliser ce qui lui arrivait.

Il s'allongea sur Iengenë.

Leurs souffles se joignirent et leurs cœurs battirent plus fort. Il n'y avait pas d'excitation de part et d'autre. Ils souffraient tous deux du manque de désir, il fallait pourtant satisfaire la demande des deux grands-mères qui attendaient. Catreie se frottait sur Iengenë. Il s'efforçait de la pénétrer, mais il n'y arrivait pas. Il n'avait pas une bonne érection. Leurs pensées allaient vers les gens qui devaient les juger. Catreie serait-il un bon étalon, comme les autres hommes de la tribu se vantaient de l'être ? Iengenë livrerait-elle le drap bien maculé de son sang, preuve de sa bonne conduite juvénile ? Ces questions les obsédaient tout en les retenant dans leurs ébats. Difficile de s'aimer par devoir, par dette envers les autres.

C'était pourtant impératif. Les deux personnes âgées attendaient toujours sous la tonnelle.

Après maintes tentatives, le couple réussit enfin à s'unir. Au sortir de la case, Iengenë remit le mouchoir bien plié à Copa *qatr* qui, machinalement, le déplia devant le couple et l'autre grand-mère :

— Taché, bien taché ! confirma Yaella *qatr*.

Le drap aussi était taché. La vieille dame observa une nouvelle fois l'étoffe avec minutie, l'enroula et la plongea dans le fond d'un sac en pandanus qu'elle n'avait pas oublié d'amener avec elle. Elle tapota gentiment les joues d'Iengenë qui esquissa un sourire.

— Allons-y, ma fille, Dreudrela nous attend à la commune. Elle va être fière de toi.

— Très fière de toi… Nous aussi, nous sommes très fières de toi, rajouta Copa *qatr*.

Et ils s'engagèrent ensemble sur la grande route qui menait à la maison commune.

La nuit recouvrait à présent la tribu. Ils devisaient en marchant. Iengenë apprit que la tribu conférait toujours le rituel du mouchoir aux deux vieilles. Elles lui racontèrent qu'autrefois, dans leur verdeur, elles s'étaient elles-mêmes retrouvées dans la situation que vivait Iengenë aujourd'hui. La jeune fille manqua de s'étouffer lorsque Yaella *qatr* lui déclara que l'appétit vient en mangeant. Elle se dit que, plus tard, elle aurait très envie de son mari.

Unies par leur condition, les trois femmes frappèrent alors le sol ensemble de trois coups de pieds rythmés et jetèrent leurs paroles et leurs rires vers la nuit.

De son côté, Catreie se tenait à l'écart de cette discussion libertine et s'efforçait de garder l'air sérieux. Il marchait, légèrement en retrait. Était-ce de la gêne ? De la réserve ? Ses deux oreilles restaient pourtant ouvertes et attentives. De temps à autre, il osait rire à haute voix pour rappeler sa présence et se joindre aux plaisanteries des trois femmes.

Lorsqu'ils parvinrent enfin à la maison commune, Dreudrela, la maman de Catreie, s'avança rapidement, trahissant son impatience.

Copa *qatr* l'entraîna à l'écart protecteur d'un manguier. Les deux femmes se mirent à parler à voix basse en tournant fréquemment la tête pour s'assurer que personne ne les regardait : « Iengenë, vraie fille. » Voilà ce qui serait dit. La phrase allait satisfaire tout le monde et surtout les belles-sœurs. La virginité d'Iengenë faisait de Catreie un homme béni. Il aurait été déshonorant qu'il se mariât avec une femme qui s'était déjà laissé approcher par un homme. Les parents du jeune homme avaient sacrifié leur vie à l'église et à la coutume. Ils ne plaisantaient pas avec certaines valeurs. « Si on met sa foi dans la coutume, le retour ne se fait pas attendre », était une parole qui revenait en boucle dans les discours de leur maison.

— Je vais voir Huline.

Et Dreudrela, fière de sa belle-fille, fière pour son fils et pour sa famille tout entière, disparut comme un tourbillon dans la nuit.

Les femmes de Hunöj n'étaient pas seules à se retrouver dans les cabanes qui servaient de cuisines. La tête dans la fumée, au-dessus des marmites qui mijotaient sur les rails, quelques hommes venaient donner la main en attendant de servir le dîner. Ces cuisiniers de circonstance veillaient à ce que les familles de Jokin puissent repartir avec une bonne image de la tribu de Hunöj.

On retrouvait néanmoins pêle-mêle des gens de Hunöj et de Jokin qui s'affairaient à la tâche, car l'échange des gestes entre les deux familles avait déjà eu lieu et l'on considérait désormais que ces deux familles n'en formaient plus qu'une seule.

C'est parmi eux que Dreudrela retrouva son mari. Il restait un dernier geste à présenter aux gens de Hunöj : celui qui les remercierait pour la virginité d'Iengenë.

— Huline, les deux vieilles sont arrivées.

— Alors ?

— Vraie fille, elles ont dit. Je les ai ensuite envoyées à la maison pour attendre.

— Et Ngönegit… Il est où ? C'est avec lui, les pièces pour la coutume[35]. Trouve-le, il doit être parmi les hommes, là-bas sous le manguier du vieux Waduo. Dis-lui de ne pas commencer à boire et à saouler tout le monde avec son mauvais vin, notre travail n'est pas encore terminé. Quelques membres de nos familles de Jokin et d'ailleurs viennent dans le préau à paroles pour nous dire au revoir. Il faut marquer notre respect à leur égard par notre présence en remerciant leur geste.

---

35 *C'est avec lui, les pièces pour la coutume* : c'est lui qui a les présents de la coutume.

Va lui dire que je t'ai envoyée. Je vais tout de suite rejoindre les deux grand-mères.

Dreudrela se sépara de son mari et fit un détour par le dépôt à vaisselle pour y prendre une marmite. Il fallait servir à manger à Copa *qatr* et à Yaella *qatr*. Catreie et Iengenë viendraient manger avec tout le monde à table.

— Triajukö ! Y a moyen tirer la viande de ta marmite ?[36] C'est pas pour moi.

Elle regarda ensuite autour d'elle pour s'assurer qu'elle n'avait pas de cousin proche ou une personne notable, du genre homme d'Église. Elle voulait répondre à la plaisanterie de Triajukö qui avait mimé le geste de relever son short pour montrer ses testicules.

— *Aixa*[37] !

Elle n'avait rien trouvé de mieux que cette insulte. Le cuistot dansa trois coups en pouffant de rire et jeta ensuite le cri qui marquait la fin de la plaisanterie. Puis il détacha la louche suspendue à un fil au-dessus de la marmite.

— *Öö* ! Tu as cherché, ajouta Deudrela en riant.

Elle tendit la petite marmite qu'elle avait dans ses mains.

---

36 *Y a moyen tirer la viande de ta marmite ?* : peut-on prendre de la viande dans ta marmite ?

37 *Aixa* : interjection. Évoque l'inceste envers la sœur ou le frère. L'usage courant a fait perdre son premier sens à ce mot. Il est utilisé ici sous forme de plaisanterie.

— Alors, Tantine ! La femme à nous, avec Catreie, fini vieux ou encore bébé[38] ? demanda Tiajukö tout en la servant.

Il semblait ne pas faire cas des autres personnes autour d'eux, mais il savait que les autres cuistots prêtaient l'oreille. Dreudrela répliqua avec fierté :

— Toujours bébé !

— *Kölöini Wetr*[39] ! J'aime ça, moi.

Tandis que Triajukö servait sa tante en choisissant les bons morceaux, son esprit farceur reprit le dessus :

— Tantine ? Moyen prêter[40] ?

— *Hö föixa*[41] ! Fais vite ! Je ne vais pas pouvoir tenir longtemps cette marmite, lança Dreudrela en direction de Triajukö qui s'esclaffait encore. Il fit trois pas de danse qui soulevèrent aussitôt la poussière. Autour d'eux, les autres hommes qui suivaient l'échange se tordaient de rire.

Quand Dreulela parvint devant la maison familiale de Xenidreu, Huline était en grande discussion avec le père de la mariée.

---

38   *Encore bébé* : dans le contexte, encore vierge.

39   *Kölöini Wetr* : littéralement « J'aime Wetr ». Wetr est l'un des trois districts de Drehu. L'expression était une interjection à la mode.

40   *Moyen prêter ?* : Triajukö demande sur le ton de la plaisanterie si Catreie accepterait de lui prêter son épouse. Il se réfère à un droit de cuissage qui se pratiquait parfois dans l'ancien temps.

41   *Hö föixa* : même sens que *Aixa*. Accompagné du *Hö* interjectif.

Ils étaient assis sur l'herbe.

Les autres membres invités des deux familles réunies attendaient sous la tonnelle avec les deux marieuses. Les jeunes mariés, les parents d'Iengenë, et Zelu, la sœur de sa mère, devisaient sous un badamier, un peu à l'écart. L'arrivée de Dreudrela imposa le silence à tout le monde. Elle déposa sa marmite devant Copa *qatr* et Yaella *qatr* qui étaient assises sous la tonnelle, puis elle se releva pour aller chercher les couverts.

— Dreudrela, ma fille, va t'occuper du travail de coutume, laisse la marmite là, on s'en occupe, merci, lui déclara gentiment Copa *qatr*.

La maîtresse de maison acquiesça et s'engouffra alors dans la villa. Huline s'excusa auprès du père d'Iengenë et rejoignit son épouse. Les personnes de la famille d'Iengenë firent mouvement vers la tonnelle et les deux aïeules se levèrent aussitôt pour aller vers les nattes du fond afin de laisser la place aux nouveaux venus. Iengenë apparut avec des couverts qu'elle déposa devant Copa *qatr* et Yaella *qatr*. Elle n'avait pas attendu qu'on lui montre le meuble où la vaisselle était rangée ni qu'on lui dise ce qu'il fallait faire.

— Merci, ma fille, tire d'abord à manger pour ton père, s'excusa Copa *qatr*.

— Grand-mère, c'est pour vous. Nous, on va manger tout à l'heure, là-bas, à la maison commune.

— Merci, répondit Thuluë, le papa d'Iengenë, en tendant la main pour saluer Copa *qatr*. Il en profita pour lui remettre un billet.

— Pourquoi cela ? Vous n'êtes pas venu pour nous.

Les hôtes marchaient en se courbant pour prendre place sous la tonnelle. Rompant le silence, Copa *qatr* interpella Yaella *qatr*.

— Yaella *qatr*, voilà le geste[42] qu'ont donné ces messieurs et dames. La famille à nous du Wetr. C'est pour nous deux et les autres ici sous la tonnelle qu'ils font le geste.

— Merci ! Donne-leur la parole du retour. Notre parole.

— Je me fais petite devant vous, Seigneur du grand Wetr. Je vous demandais, tout à l'heure, en quel honneur vous nous faisiez cette coutume alors que vous venez pour un autre travail, celui de l'union de votre fille, le mariage de nos enfants. Notre travail. Il est vrai que chez nous, il est toujours difficile de se découvrir sans présenter ce geste. Nul ne connaît les intentions exactes dans le cœur d'autrui. Il est vrai aussi que la parole dit de faire don de ses biens. Et cela nous sera rendu au centuple. Merci de mettre aussi votre attention sur nous les petites gens, l'esprit de la maison évalue le geste que vous nous remettez. C'est bien comme cela que l'on pose les bases de l'éducation de son enfant. Je remets votre geste au Très-Haut pour qu'il bénisse et qu'il soit témoin de ce que vous avez donné. *Oleti*[43].

Avant que Copa *qatr* ne termine son remerciement, Huline, Dreudrela et Hnamano avaient fait leur apparition sous la tonnelle. Ils se tenaient encore un peu à

------

42 *Geste* : offrande coutumière.

43 *Oleti* : merci.

   — Pour la toute première fois... —

distance avant de se présenter avec une autre coutume. Des tissus et une liasse de billets. Cent mille francs.

Copa *qatr* les invita à s'avancer d'un geste :

— Huline, voici le geste du papa d'Iengenë. Il nous a montré son visage, à lui et les autres personnes qui l'accompagnent.

Huline montra les présents qu'il avait en main :

— C'est pour vous deux, grand-mère, pour toi et pour Yaella *qatr*. On ne va pas prendre la coutume alors que vous êtes là. Voilà, faites disparaître le geste… Tout comme la coutume que nous présente Copa *qatr*, je tiens dans ma main d'autres tissus et des billets de banque. Et ici, sous cette tonnelle, personne n'est plus étranger à ce travail que nous allons accomplir. Nous sommes déjà une petite cellule. Il est donc inutile de nous déplacer une nouvelle fois pour nous rendre dans la case ou dans un autre lieu. Vous tous, ici présents, allez être témoins de la parole que je vais dire. Et je vais me faire petit devant le Très-Haut et devant vous. Merci Thuluë *qatr* et la maman d'Iengenë. Si nous sommes là sous la tonnelle ce soir, c'est bien grâce à l'attention que vous avez accordée à l'éducation de votre fille. Cette petite coutume que je tiens dans mes mains est devenue chose rare dans notre vie de maintenant. Les tissus et ces billets récompensent votre travail à la maison. Merci. Voici les deux grand-mères, Copa *qatr* et Yaella *qatr* ; elles sont allées faire boire le coco vert aux jeunes époux. Elles ont jugé sur preuves qu'Iengenë est bien une vraie fille. Merci. Je m'adresse à toi, Iengenë, maintenant, je te remercie de ta conduite disciplinée. Il est vrai qu'il y a l'éducation de tes deux vieux ici présents, mais tu pouvais aussi déjouer cette rigueur. Non. Tu as su contrôler ton enthousiasme. Tu as obéi. Le geste que je tiens est la marque de ta bonne conduite. Merci. Je termine. Catreie, mon fils : il est rare à votre époque de rencontrer une fille comme Iengenë. Vérifie-le autour de toi. La vie de couple s'ouvre devant toi, devant vous deux, nos deux enfants. Ce n'est pas simple. N'oubliez donc aucune des paroles qui vous ont été dites pendant votre mariage. Que l'esprit de la maison soit le terreau de tout ce que j'ai dit. Hnamano, notre chef à nous, ici dans le clan, est présent. Il est aussi garant de ma parole. Les ignames qui accompagnent cette coutume se trouvent ici, dans la maisonnette qui nous sert d'entrepôt. Elles seront acheminées de nuit, quand nous vous apporterons la part des parents. Que le Très-Haut bénisse ces paroles et veille sur nous tous. *Oleti.*

Le père de Catreie s'avança et remit le geste coutumier au papa d'Iengenë qui se leva à son tour. Ils échangèrent leurs remerciements. L'émotion semblait faire vibrer l'air de la tonnelle. Les femmes n'arrêtaient pas de pleurer. Par moment, l'une d'elles se levait pour embrasser Iengenë et féliciter Catreie. La marmite amenée de la maison commune par Dreudrela était restée au même endroit. À présent que le protocole était accompli, le vieux Thuluë s'était levé pour presser tout le monde de partir. « Il faut laisser les deux grand-mères manger, la marmite va être froide », disait-il.

On s'en alla enfin. Les hommes ouvraient la marche. Là-bas, c'était déjà la dernière table avant le bal. Dans la baraque réservée pour la cuisine, les cuistots improvisés avaient disparu. Ils ne restaient plus que les femmes et de jeunes garçons pour servir leurs plats. D'autres jeunes de Jokin, de la famille d'Iengenë, étaient allés à la cuisine pour donner la main. Les deux clans de départ étaient devenus une seule famille après la célébration du mariage.

Méconnaissable dans le noir, Triajukö vint à la rencontre du groupe en titubant. Il puait l'alcool. Il chuchota à l'oreille de Catreie :

— Alors, mon tonton, tu as montré à la femme de Jokin comment nous, on est ? Il paraît qu'elle est une vraie fille. Félicitations ! Nous, on est sous le manguier chez Waduo. Si tu veux veiller avec nous, tu nous rejoins. Allez ! Longue vie à toi et Iengenë.

D'autres femmes, de Jokin, mais surtout de Hunöj, qui se joignaient une à une à la marche nuptiale, pressaient la main d'Iengenë et celle de sa tante Zelu. Elles les félicitaient par des embrassades interminables. Wazana, la sœur de Catreie, plus que les autres femmes, pressa fougueusement sa nouvelle belle-sœur contre elle. La nuit cachait ses larmes. Elle glissa entre les mains d'Iengenë un parfum de grande marque qu'elle avait pris soin de choisir et de faire emballer joliment. Elle passa ensuite une écharpe au cou d'Iengenë, puis elle s'envola dans la nuit, avant que le groupe n'atteigne le premier lampadaire de la maison commune.

La nouvelle de la virginité d'Iengenë avait devancé le groupe de marcheurs et avait pris de l'ampleur. Elle était à présent sur toutes les lèvres. À Hunöj, tout le monde ou presque était au courant. Pourtant, cette nouvelle-là n'arriva pas aux oreilles des frères et des cousins de la mariée. Il n'était pas concevable, convenable, que les frères soient au courant de la vie intime de leurs sœurs. Ils le sauraient tout de même. Plus tard. Chez eux. D'une manière détournée. Au travers d'une coutume que Thuluë, leur père, accomplirait.

Pendant que la famille de Jokin s'installait à la dernière table, les jeunes mariés et les parents de Catreie allèrent sous le préau à paroles pour tenir compagnie aux vieilles personnes qui chantaient des *taperas*[44]. Les gens qui voudraient prendre congé du travail de mariage viendraient leur dire au revoir à cet endroit.

Le silence se fit lorsque Huline se manifesta pour montrer le geste de leur arrivée.

On attendait que Belë, le pasteur de la tribu, se levât pour remercier quand un groupe de femmes fit irruption. Elles apportaient des présents à Iengenë qui fut une nouvelle fois assujettie aux embrassades des femmes de sa nouvelle famille.

Sa mère, assise non loin d'elle, n'arrêtait pas de pleurer de joie.

----

44 *Taperas* : chants religieux.

**Découvrez les autres ouvrages
de notre catalogue !**

http://www.editions-humanis.com

Luc Deborde

Editions Humanis

BP 32059 – 98 897 Nouméa

Nouvelle-Calédonie

Mail : luc@editions-humanis.com

www.ingramcontent.com/pod-product-compliance
Lightning Source LLC
Chambersburg PA
CBHW020528160726
47992CB00005BA/2300